BASTEI
LÜBBE
TASCHENBUCH

Weitere Titel des Autors:

Meine Tage mit Fabienne

Titel auch als Hörbuch erhältlich

Über den Autor:

Hubertus Meyer-Burckhardt, 1956 in Kassel geboren, betrat bereits im Alter von 15 Jahren die Bühne des dortigen Staatstheaters und wusste gleich, dass er einmal »irgendetwas mit Unterhaltung« machen wollte. Was lag da näher, als in München die Hochschule für Fernsehen und Film zu besuchen. Er wurde TV-Produzent. Es folgten viele Filme – und viele Preise – und danach Jahre im Vorstand der Axel Springer AG sowie bei ProSieben Sat1 und später eine Professur an der Hamburg Media School. Er hofft, seinen beiden Kindern bisher ein guter Vater gewesen zu sein, und empfiehlt im Übrigen die Liebe nie und nimmer zu suchen, sofern man sie finden möchte. Er wohnt in Hamburg und ist dauernd unterwegs.

Hubertus
Meyer-Burckhardt

Die
kleine
Geschichte
einer
großen
Liebe

Roman

BASTEI
LÜBBE
TASCHENBUCH

BASTEI LÜBBE TASCHENBUCH
Band 17423

Dieser Titel ist auch als Hörbuch und E-Book erschienen

FSC
www.fsc.org
MIX
Papier aus verantwortungsvollen Quellen
FSC® C083411

Vollständige Taschenbuchausgabe
der bei Lübbe Hardcover erschienenen Hardcoverausgabe

Textredaktion: Marion Hertle, München
Umschlaggestaltung: ZERO Werbeagentur, München
unter Verwendung von Motiven von © getty images: smartboy10;
© Plainpicture: donkeysoho/Thao
Satz: Dörlemann Satz, Lemförde
Gesetzt aus der Bembo LT
Druck und Verarbeitung: CPI books GmbH, Leck – Germany
ISBN 978-3-404-17423-2

5 4 3 2 1

Sie finden uns im Internet unter www.luebbe.de
Bitte beachten Sie auch: www.lesejury.de

»Komm', Hoffnung, lass' den letzten Stern
der Müden nicht erbleichen!«

Ludwig van Beethoven
Fidelio 1. Akt, 6. Auftritt

»Ich hab einen spannenden Job für dich, bei dem du ganz hübsch verdienen kannst, Spesen inklusive!« – der Anruf ihrer ehemaligen Kollegin kam für Susan gerade richtig. Rettend richtig, um genau zu sein. Sie war mal wieder am oberen Rand ihres Dispo-Limits angekommen und konnte einen neuen Auftrag gut gebrauchen. Wäre es technisch möglich gewesen, hätte sie Anne durch die Leitung umarmt.

Aber warum die Frauenzeitschrift sie – ausgerechnet sie – nach Hamburg schickte, um Leserinnen zu interviewen, die ihre große Liebe erst um die fünfzig getroffen hatten, war ihr ein Rätsel. Denn sie, Susan Knight, die seriöse Journalistin und Sachbuchautorin, glaubte weder an die große Liebe noch daran, dass Männer ernsthaft etwas Sinnvolles dazu beitragen konnten. Nur das Alter stimmte – gerade war sie vierundfünfzig geworden.

Sie hatte mal geliebt, sehr geliebt, und einen hohen Preis dafür bezahlt – im wahrsten Sinne des Wortes. Die sogenannte »Liebe ihres Lebens« hatte nicht nur ihre emotionalen Ressourcen aufgebraucht, sondern auch ihre finanziellen. Guido – der bescheuerte

Name hätte sie eigentlich schon stutzig machen müssen – hatte exakt so lange an ihre Beziehung geglaubt, bis Susan mit ihrem Journalistengehalt seine gesamte Berufsausbildung mitfinanziert hatte. Den Magister und einen guten Job in der Tasche, ließ Guido Susan mit einem leer geräumten Konto und einem tief verletzten Herzen zurück, dessen Narben zwar verheilt, aber noch deutlich spürbar waren. Auch ihr Konto hatte sich noch nicht vollständig wieder erholt, Ersparnisse gab es jedenfalls keine – nicht zuletzt deshalb saß sie nun an diesem herbstlichen Sonntagnachmittag im Flugzeug von Zürich nach Hamburg.

Und jetzt das: Turbulenzen. Sie mochte keine Turbulenzen, weder im Flugzeug noch im Privatleben. Guidos Abschied war jetzt über zwanzig Jahre her, und seitdem kam sie ganz gut ohne emotionale Turbulenzen aus. Dank eines Jobangebots war sie damals nach Zürich gezogen, einen in jeder Hinsicht neutralen Ort, unbelastet von irgendwelchen Erinnerungen, und hatte das Thema Liebe in dem bombensicheren Panic Room ihres Herzens verschlossen.

In einer halben Stunde würde die Maschine der Swiss, in deren 14. Reihe Susan auf Fensterplatz F saß, in Hamburg landen. Neben ihr las eine Frau Ildikó von Kürthy. »Nur schlafende Frauen sind zufrieden« stand auf der Rückseite des Buches. Stimmt, dachte Susan, aber nur, solange ihnen kein kitschiger Traum in die Quere kommt.

Die Maschine setzte zum Landeanflug auf Hamburg an. In Zürich ließ Susan mittlerweile eine weitere gescheiterte Beziehung und ein paar Liebeleien zurück. Nichts davon war so eng gewesen, dass sie jetzt jemanden vermissen würde. Und das wollte was heißen, wenn man sich an einem regnerischen, trüben Nachmittag Ende Oktober im Anflug auf Hamburg befand, um dort eine Weile zu bleiben. Immerhin wird der Auftrag unterm Strich deutlich besser bezahlt als mein letztes Sachbuch, tröstete sich Susan und ließ den Sicherheitsgurt einrasten.

Die Maschine setzte hart auf und bremste so heftig ab, dass Ildikós Werk von Mittelplatz 14 E unter allen Reihen bis nach vorne durchschlidderte und von einem Herrn in Reihe 1 mit spitzen Fingern und ebensolchem Mund über die Gänge zurückgereicht wurde – und bei Susan landete! »Da denkt tatsächlich jemand, ich lese ›Nur schlafende Frauen sind zufrieden‹«, empörte sie sich. Gut, es stimmte – sie hatte in der Tat auch schon mal Ildikó gelesen, denn Sachbücher trocknen einen auf Dauer emotional aus – aber sah sie nun schon so aus, als würde sie auf Frauenliteratur stehen? Voller Plattitüden über den großen Herzschmerz und das Verliebtsein? Andererseits – was war so verkehrt daran? Wollte sie sich nicht auch verlieben, bis über beide Ohren? Und dasselbe zurückbekommen? – schoss es Susan plötzlich, unvermittelt und unerwünscht durch den Kopf, während die Passagiere unruhig darauf warteten, dass sich endlich die Türen der Maschine öffneten. Und wenn schon, dachte sie und schob gedanklich diese ganze Gefühlsduselei gleich wieder beiseite.

Hamburg empfing Susan mit dem für die Stadt so typischen Dauerregen. Der Himmel hing tief – und Susans Mundwinkel bald auch. Ihre alte Freundin Anne, die ›für das Verlagshaus die Knochen hinhielt‹ (ihre Formulierung) kannte wohl Susans schamhaft verborgene Seite und hatte sie deshalb zu diesem Happy-Couple-Thema im Herbst nach Hamburg geholt. Aber leider nicht vom Flughafen ab – was sie hoch und heilig versprochen hatte. Susans Stimmung verdüsterte sich zusehends. Als sie vor dem Flughafengebäude durch Regen und Sturm zum Taxi rannte, übersah sie sehr zum Leid ihrer neuen Stiefeletten eine gefühlt metertiefe Pfütze und ärgerte sich auf dem Rücksitz nicht nur über das ruinierte Wildleder, sondern vor allem über ihre nassen Füße.

Um das Desaster komplett zu machen, entpuppte sich der Taxifahrer auch noch als Valentino für Arme: Kaum saß sie im Wagen, raunte er auch schon im Barry-White-Timbre: »Ich stehe auf Frauen über vierzig!« Dabei stierte er sie siegessicher über den Rückspiegel an. Typ Robinson-Club-Animateur im Sommer, Skilehrer im Winter. Jetzt war Oktober, also weder noch. »Heiße Chris«, setzte er nach.

»Und richtig?«, versuchte Susan ihm einen verbalen Kinnhaken zu verpassen.

Chris schaute verblüfft aus der Wäsche, an die sie ihm bestimmt nicht wollte.

»Christian.«

»Aha. Aber Chris kommt besser an bei der Akquise im Taxi, oder?«

»Klar. Und das mit den über vierzig auch«, setzte er frech nach.

»Verstehe ich nicht«, sagte Susan.

»Na, Frauen zehn Jahre jünger schätzen. Das kommt extrem gut. Die schönsten zwanzig Jahre im Leben einer Frau sind die zwischen dreißig und vierzig. O-Ton mein Vater.«

»Na vielen Dank auch.« Hamburg, November, Regen, Chris – auf diesem Boden gedeihen Depressionen. Nichts als raus aus diesem Wagen, dachte Susan. An einer Ampel mit nervtötend langer Rotphase wischte sie die beschlagene Scheibe frei, um Chris' scheelen Rückspiegel-Blicken auszuweichen, und entdeckte das leuchtende Schild eines italienischen Restaurants: »La Bruschetta« stand dort, und das orangerote Licht, das durch die Fenster des Restaurants schien, verhieß Wärme und Gemütlichkeit. Tropfen an den Souterrain-Scheiben, Weinregale, Marcello Mastroianni schwarz-weiß an der Wand. Vor der Tür, die einen Spalt offen stand, unterhielten sich rauchend zwei Kellner.

»Lassen Sie mich hier raus, Chris«, rief Susan plötzlich entschlossen.

»Nicht zum Hotel?«, fragte Chris entgeistert.

»Nein, ich brauche etwas Luft.«

Der Taxifahrer widersprach nicht und unternahm

keine weiteren Flirt-Versuche. Entweder hatte ihn Susans herb abweisende Art verschreckt, oder lag es an der mittlerweile eingeschalteten Innenbeleuchtung des Wagens, die ihm eine etwas realistischere Einschätzung ihrer physischen Verfassung ermöglicht hatte?

Die Sachbuchautorin in ihr war erleichtert, Susans andere Hälfte indes ein wenig enttäuscht. Keine Akquise-Bemühungen mehr abwehren zu müssen war schal. »Sparen macht Spaß, wenn du Geld hast«, pflegte ihre Mutter in passenden, bisweilen auch unpassenden Momenten zu sagen. Wie auch immer. Links eine Reisetasche voller Manuskripte, rechts einen Koffer mit Klamotten in gedeckten Farben für eine Woche Hamburg, stolperte Susan direkt in die Arme von »Ich bin Sandro!«, einem gutgelaunten, prallen Glatzkopf mit sympathischen Lachfältchen um die Augen. Schon vor Betreten des spärlich besetzten Restaurants nahm der »Padrone« ihr beide Gepäckstücke ab. »Du kriegst beste Tisch«, sagte der kompakte Südländer, dem die Brusthaare aus dem stramm sitzenden Hemd quollen, und geleitete sie in sein Reich.

Susan strich sich die nassen Haare aus dem Gesicht und beschloss, ihren Ärger über die ruinierte Frisur, die triefende, halbgare Anmache und die nassen Stiefeletten augenblicklich in einer Flasche Rotwein zu ertränken. Bereitwillig ließ sie sich deshalb von Sandro aus dem Mantel helfen.

In protestantisch geprägten Gegenden waren italienische Restaurants wie eine Oase in der Wüste, und so empfand Susan es auch jetzt. Die höhlenartige Souterrain-Trattoria hatte etwa zwanzig Tische, an den weiß gekalkten Wänden hingen großformatige Schwarz-Weiß-Fotos italienischer Ikonen wie Sophia Loren und Adriano Celentano vor einem dampfenden Teller Spaghetti. Paolo Conte sang zu all dem, und Susan entdeckte eine Pinnwand mit Promi-Fotos, von denen sie allerdings keinen erkannte.

»Valerio, die Dame hat Appetit …«, rief Sandro in die Küche.

»Ich hätte lieber eine Flasche Rotwein. Primitivo. Ich esse später«, sagte Susan, setzte sich und atmete einmal tief durch, bevor sie die Manuskripte für ihren Artikel vor sich ausbreitete. Zehn Paare hatte ihre Freundin Anne bereits recherchiert, und alle lebten in oder nahe bei Hamburg. Alle hatten nach eigenen Angaben die große, ja die größte Liebe ihres Lebens erst mit fünfzig oder später getroffen.

Susan sah sich die Fotos und Lebensläufe der Frauen und Männer an, denn sie musste eine Auswahl treffen – alle zehn würde sie sicher nicht schaffen. Die Paare blickten klar und offen in die Kamera. Wie Kinder es taten, wenn sie zeigen wollten, dass sie sehr glücklich sind. Niemand kokettierte. Mag sein, dass sich in ihren Augen Hoffnung oder Dankbarkeit spiegelten, vielleicht auch Melancholie. Susan fiel auf, dass die Männer im Alter der Frauen zu sein schienen, keiner wirkte deutlich älter. Im Gegenteil.

Wie ein Mosaik legte Susan die Fotos vor sich auf dem Tisch aus: So unterschiedlich diese Männer auch waren, sie alle hatten eines gemeinsam: Lachfalten! »Er hat mich zum Lachen gebracht.« Das war die Antwort einer der Frauen auf die Frage, warum sie sich ausgerechnet in diesen Mann verliebt hatte. War es so einfach?

Aus einem Hinterzimmer des Restaurants drangen laute Geräusche, Zucchero kam mit seiner *Domenica* kaum dagegen an. Es hörte sich an wie eine Fußball-Übertragung. Stimmen italienischer Männer, die den Sieg irgendeiner Mannschaft zu feiern schienen. Sandro schlenderte an Susan vorbei: »Bari hat gewonnen. Es war knapp, weißt du, die Verteidigung ist schwach.«

Wie selbstverständlich ging der Padrone davon aus, das Susan sich a) für Fußball und b) für das Schicksal seines Heimatclubs interessierte. »Wenn Bari gewinnt, geht das Risotto auf mich. Ist immer so!« Ungefragt stellte er einen Teller dampfendes Trüffelrisotto auf ihre Unterlagen und setzte sich selbst mit einem Teller Risotto Funghi dazu. Er begann darüber zu philosophieren, dass Bari in seiner Jugend die Defensiv-Strategie der Nationalmannschaft von Uruguay übernommen habe, was wohl zum Erfolg geführt hatte. Aber lang sei es her.

»Bist du zum ersten Mal hier?« Charmant war er

nicht, aber herzlich. »Was machst du?«, bohrte er weiter. Er betrachtete die Fotos, die nicht von den Risotto-Tellern verdeckt waren. »Bist du Personal-Chefin? Sind das Bewerberinnen?«

Susan war sich unsicher, ob sie als Sachbuchautorin oder als Susan antworten sollte. Gerade als sie die Entscheidung getroffen hatte, öffnete sich die Tür zum hinteren Raum. Mittelalte Italiener, die sie ansahen wie ihre gleichaltrige Schwester, strömten heraus. Sandro war aufgesprungen und eilte ihnen entgegen. Den jungen Freundinnen der mittelalten Italiener schenkte Sandro zum Abschied je eines seiner Kochbücher mit Widmung – und bekam von jeder einzelnen einen Kuss dafür. Wie einst Hans Rosenthal sprang der kleine Südländer nach jedem »Bacio« vor Freude in die Luft. Susan begann ihn zu mögen. Die Antworten auf seine Fragen von vorhin schienen ihn nicht mehr zu interessieren.

»Glauben Sie, dass man mit fünfzig noch die Liebe seines Lebens finden kann?«, fragte Susan Sandro, als der sich wieder gesetzt hatte, und sortierte ihre Unterlagen.

»Als Mann ja, als Frau nein«, antworte er. Damit war der Fall für ihn erledigt, und er wandte sich dem anderen Kellner zu. Draußen auf der Terrasse saßen ein paar Raucher, und Sandro war aufgefallen, dass sie nichts mehr zu trinken hatten. Die Bedürfnisse der Nikotin-Junkies waren ihm offenbar wichtiger als die Klärung der Wahrscheinlichkeit einer großen

Liebe mit fünfzig, ging es Susan durch den Kopf. Aber sei's drum, sie fühlte sich hier ganz gut aufgehoben, besser jedenfalls als im Taxi und jetzt allein im Hotel zu sitzen.

Also widmete sie sich wieder ihren Paaren, von denen jetzt ein paar Risotto-Spuren im Gesicht hatten. Der Tisch sah inzwischen aus, als ob sie seit Tagen an ihm gearbeitet, gegessen und getrunken hätte. Mittlerweile war Sandro zurück und wollte ihr eine Seezunge andrehen. »Fisch, frisch!«

An einem Sonntag, klar, dachte Susan und schaute sich ein wenig um. Das Lokal füllte sich langsam, es war schon fast halb acht. Die Gäste kannten sich offenbar zum Teil untereinander und schienen von Tisch zu Tisch Gespräche fortzusetzen, die beim letzten zufälligen Aufeinandertreffen in diesem Restaurant aus welchen Gründen auch immer ein abruptes Ende gefunden hatten.

»Ich möchte nicht mehr ohne ihn sein« – das hatte Ulla aus Hamburg, Tierärztin, zwei Mal geschieden, Interesse an amerikanischer Literatur, sofort gewusst. Susan blätterte weiter. »Als ich aufhörte, mich nach Nähe zu sehnen, stellte sie sich ein. Ich stieg in ein Taxi und nahm gar nicht wahr, dass außer dem Fahrer noch jemand drin saß – Jörn. Er wollte gerade bezahlen. Wir fuhren zusammen weiter. Den Taxifahrer haben wir einige Monate später ausfindig gemacht und mit seiner griechischen Freundin zu unserer Hochzeit eingeladen.«

Am Abend vor Susans Abreise aus Zürich hatte Eckhard von Hirschhausen im Schauspielhaus gastiert. Ein gewisser Torsten hatte Susan vor einiger Zeit die Karten geschenkt und sich kurz danach aus ihrem Leben verabschiedet, oder genauer: Susan hatte ihn verabschiedet. Jedenfalls war er weg, die Eintrittskarte aber noch da.

Hirschhausen hatte das Publikum auf amüsante Weise darauf aufmerksam gemacht, dass wir nur Liebesfilme sehen, bei denen sich künftige Paare treffen bzw. kennenlernen. Äußerst selten dagegen sehen wir in Filmen, was passiert, wenn Paare sich bereits haben. ›Boy meets girl‹ heißt das Genre, nicht ›Boy has girl‹. Wie war es also mit Ulla und Jörn weitergegangen? Was war passiert, nachdem das erste Kribbeln, die Schmetterlinge und die rosarote Verliebtheit verflogen waren? Was war für Ulla diesmal anders als bei den beiden Ehen zuvor? Was machte die große Liebe aus?

Susan ließ ihren Blick hinaus auf die Terrasse schweifen. Die rauchenden Gäste gaben dem Herbstabend eine tröstliche Note.

»Kann ich Ihnen beim Ablegen behilflich sein?« – Eine schöne Stimme, durchfuhr es Susan.

»Sie geben mir Rätsel auf. Sie sind kein Stammgast. Sie waren noch nie hier. Sandro setzt Sie aber allein an diesen Vierertisch. Das ist ein Privileg. Mysteriös …«

»Woher wissen Sie, dass ich noch nie hier war?«,

fragte Susan die Stimme und blickte endlich auf. Ein entspannter Typ, dachte sie. Tony Bennet vor dreißig Jahren.

»Ich bin jeden Abend hier. Nahezu. Ich finde, Sie sollten mir hier, wo Ulla liegt, einen Platz anbieten.«

»Sie kennen Ulla?« Hektisch sammelte Susan die vertraulichen Unterlagen ein. Wie peinlich und unprofessionell!

»Nein, es ist nur wegen ihrer Augen.«

»Meiner?«

»Nein, Ullas! Und wegen ihres Interesses an amerikanischer Literatur.«

»Hören Sie mal, es ist frech, in den Unterlagen von Fremden zu stöbern! Wissen Sie das?«

»Tut mir leid. Ich stand allerdings zwei Minuten neben Ihrem Tisch und hatte Sie taktvollerweise auch angesprochen. Aber Sie haben nicht reagiert.«

»Äh, tut mir leid.«

»Worüber haben Sie denn nachgedacht, als Sie mich nicht gehört haben?«

»Geht Sie nichts an.«

»Stimmt«, sagte die Stimme, und der dazugehörige Mann setzte sich. Mit ihm nahm eine verführerische Wolke aus Rotwein und Aftershave Platz. Ein Mann mit so schönen Händen kann kein schlechter Mensch sein, dachte Susan, und die Sachbuchautorin schlug ihr dafür auf die Finger, dass es wehtat.

»Ich interessiere mich übrigens auch für amerikanische Literatur«, murmelte er. »Dos Passos, Hemingway, Faulkner. Vor allem Faulkner. Musste für Hollywood schreiben, um seine Familie durchzubringen. Sein frühes Werk war komplett durchgefallen bei den Lesern. Qualität will keiner lesen.«

Die Sachbuchautorin Susan fühlte sich mit Faulkner sofort solidarisch. Und ihr Gegenüber hatte sich offenbar warm geredet. Seine grünen Augen waren irgendwie fröhlich, heiter.

»Wer sind Sie denn eigentlich?«, fragte sie ein wenig unwirsch.

»Kanstatt, Simon Kanstatt!« Er erhob sich noch einmal leicht.

Wow, alte Schule, stellte Susan mit einem winzigen Kribbeln im Bauch fest, während Sandro ihrem Gegenüber unaufgefordert und ohne weiteren Kommentar ein Glas hinstellte, in das er wortlos einen Vecchia Romagna goss.

Simon nahm einen kleinen Schluck, betrachtete Susan sorgfältig und sagte dann ganz ruhig: »Schön, dass Sie da sind.«

»Ist das Ihre Art? Sich den Platz zu suchen, der Ihnen attraktiv erscheint, und sich dann einfach ungefragt zu setzen?«

»Welchen sollte ich sonst nehmen?«

Susan sah sich um. Mittlerweile waren alle Tische besetzt. Das bemerkte sie erst jetzt. Ein älteres Ehepaar am Nebentisch prostete ihnen augenzwinkernd zu. So als ob sie sich alle schon seit Jahren kennen würden. Daneben drei junge Frauen, die unvorteilhaft vor dem riesigen Schwarz-Weiß-Foto von Sophia Loren saßen – ein unfairer Wettbewerb. Am Ende des Gastraumes hatte Sandro drei Vierertische zusammengestellt: Irgendeine Rechtsanwaltskanzlei feierte irgendwas, so sah es zumindest aus. Der Chef war offenbar dabei, denn Susan registrierte eine eindeutige Hierarchie des Lachens.

Aber bevor Susan etwas entgegnen konnte, meldet sich Sandro wieder zu Wort: »Simon, dasselbe wie immer?«, dröhnte er.

»Dasselbe wie immer«, bekräftigte Simon und entschied, dass Susan das auch probieren sollte: »Wenigstens probieren!« Und Sandro entschwand Richtung Küche.

Susan empfand diese Entmündigung in diesem Augenblick als ganz befreiend, die Sachbuchautorin in ihr aber natürlich nicht.

»Eigentlich wollte ich heute Abend nicht reden«, verriet Simon unaufgefordert. »Aber ich habe anders entschieden. Sagen Sie, was tun Sie in Hamburg?«

»Woher wissen Sie denn, dass ich nicht aus Hamburg komme?«

»Es ist bei uns nicht Brauch, mit Koffern ins Restaurant zu gehen. Das mag in …?« Er lächelte Susan höflich an. »In …?«

»Zürich!«

»… vielleicht anders sein.«

»Wie haben Sie denn mitbekommen, dass ich mit Koffern hier bin?«

»Die Schiebetür zum Nebenzimmer im hinteren Teil des Restaurants war einen Spalt offen. Ich saß beim Fußballspiel, und als Sandros Zwillingsbruder mir gerade die desolate Verteidigungsstrategie von Bari auseinandersetzte, kamen Sie von draußen rein. Und traten in mein Leben.«

»In Ihr Leben?«

»Ja, dieses Restaurant hier ist zumindest ein wichtiger Teil meines Lebens. Mein Hang-out. Hier esse ich, treffe Agenten, Geschäftspartner, und manchmal flirte ich hier auch. Ein wenig«, schränkte er ein.

»Und, ist das jetzt ein Flirt?«

Er atmete tief durch.

»Hören Sie, unbekanntes Wesen ohne Namen. Wenn das für Sie jetzt schon ein Flirt ist, dann muss Ihr sonstiges Leben eine erotische Sahelzone sein.« Er setzte nach: »Aber ich tauge ohnehin nicht zum erotischen Leckerbissen, bin eher ein Auslaufmodell.«

»Wieso das denn?« Komisch war er schon, keine Frage.

»Brauche viel Auslauf. Im wörtlichen und übertragenen Sinn.«

»Und wie geht Ihre Frau damit um?«

»Ging, nicht geht! Ging! Für sie war ich eher das Einlaufmodell, wenn Sie mir diesen drittklassigen Scherz nachsehen. Bekam jeden Tag einen. ›Wenn du die Einsamkeit fürchtest, dann heirate nicht‹, hat Tschechow gesagt. Hätte mal auf den guten Anton hören sollen.«

»Ich heiße Susan.«

»Ist das ihr Ernst?«

»Ja«, stotterte Susan.

Simon dachte nach. »Darf ich Sie Bianca nennen?«

»Klingt wie eine Katzenstreu-Marke.«

»Quatsch, Sie haben dieselben wunderschönen Augen wie Bianca Jagger.« Sagte es und widmete sich dem Pulpo-Salat »mit Knoblauch, ohne Kartoffeln«, den Sandro mittlerweile geräuschlos serviert hatte. »Guten Appetit.« Simon kam gar nicht auf die Idee, dass Susan Pulpo nicht mögen könnte. »Pulpo ist gut für die Linie! Kaum Kalorien.«

Um ein Haar hätte Susan ihm ihre Portion an den Kopf geworfen. Er verhinderte es haarscharf, indem er in letzter Sekunde sagte: »Aber Sie sollten zunehmen. Definitiv!«

»Noch so ein Spruch, und Sie stehen auf, und ich esse hier alleine weiter.«

Aber er kriegte die Kurve: »Wenn ich morgens ins Bad komme und mich hässlich, unausgeschlafen und zu dick finde, dann bin ich zutiefst davon überzeugt, dass der Spiegel daran schuld ist.«

»Und?«

»Sie dagegen kommen morgens ins Bad, sind schön, schlank und höchstens unausgeschlafen, haben aber trotzdem das Gefühl, Sie müssten abnehmen, und sind vermutlich deshalb nicht im Reinen mit sich.«

»Hm. Weiter …!« Er gefiel ihr. Und das ärgerte sie.

»Na, wenn Sie morgen Früh in mein Bad kommen, sind Sie gut gelaunt, denn Sie haben abends Pulpo gegessen. Kein schlechtes Gewissen.«

»Ihr Bad?«

»Sie schlafen im Gästezimmer. Keine Sorge.«

»Im Hotel!«

»Schade. Aber auch gut.«

Die Teller wurden abgeräumt.

»Kleine Pause?« Sandro bekam keine Antwort von Simon, der stattdessen anhob: »Susan, was machen Sie denn nun in meiner Stadt?«

Die Sachbuchautorin meldete sich zurück und grätschte böse dazwischen: »… die ich genauso unattraktiv wie Sie finde!«

Simon sah Susan lange an und blickte dann zum Nebentisch hinüber, wohl in der Befürchtung, Susans beleidigende Worte könnten mitgehört worden sein. Dann beugte er sich etwas nach vorn und sagte mit einem sehr weichen Timbre in der Stimme: »Schade.«

Mehr nicht.

Einfach nur »Schade«.

Pause.

Es dauerte ein wenig, aber dann kam Simon wieder aus der Deckung. »Ihre Ehrlichkeit ist zwar nicht besonders schmeichelhaft, aber ganz gut für den Fortgang des Gesprächs. Ich bin sechsundfünfzig. Glauben Sie, ich möchte noch Anstrengungen unternehmen, um jemandem zu gefallen? Ich bin Irland, nicht Ibiza. Ich trage weder ein Tattoo noch ein Toupet. Ich bin ich. Für Sie zwar offenbar der unattraktivste Knabe im ganzen Restaurant. Aber vermutlich auch der Unterhaltsamste. Im Übrigen« – er betrachtete das vor ihm liegende Besteck mit großer Aufmerksamkeit und mied so den Blickkontakt mit Susan für einige Sekunden – »im Übrigen: Sie haben den schönsten Hals, den ich je bei einer Frau gesehen habe!«

»Hals?« Das Kompliment war wunderbar. Und Susan bekam sofort ein schlechtes Gewissen, weil sie ihn so barsch angegangen war. Aber das ließ sie sich natürlich nicht anmerken.

»Hals! Geben Sie mir fünf Monate, dann sage ich statt Hals Dekolletee. Aber jetzt, im kühlen Herbst, ist das einfach schwierig zu beurteilen.«

»Filetiert?« Sandro war zurück.

»Wie immer!«

Zwei Seezungen, Simon, der schöne Hals ... Susan geriet eindeutig ins Schleudern und versuchte einzulenken und einen kleinen Schritt auf ihn zu zu machen. Immerhin bewies er ganz schönes Durchhaltevermögen. »Ich schreibe eine große Geschichte für ein Frauen-Magazin.«

»Und das können offenbar nur Sie. Sonst hätte man Sie ja kaum nach Hamburg einfliegen lassen, mit Gepäck für vier Wochen.«

»Eine Woche.«

»Schade. Thema?«

»Frauen, die in ihren Fünfzigern ihre erste und einzige große Lebensliebe gefunden haben.« Susan atmete tief durch, sah nicht mehr auf, sondern konzentrierte sich stattdessen mit übertriebener Sorgfalt auf den Fisch, der bedauerlicherweise bereits filetiert war, also ebendieser Konzentration gar nicht bedurfte.

»Und warum hat man die Geschichte Ihnen angeboten?«

»Vermutlich weil die anderen Kolleginnen nicht verfügbar waren«, log sie.

»Nein, nein, bestimmt weil Ihre Kolleginnen hoffen, dass Ihnen genau das passiert!«

Susan ließ ihr Besteck auf den Teller fallen: »So ein Quatsch! Sie wissen doch überhaupt nichts über mich!« Erregt stand sie auf und stapfte zur Toilette. Noch auf dem Weg dorthin musste sie zwei Eindrücke verkraften, einer schlimmer als der andere: Zum einen hatte sich Simon leicht erhoben, als sie den Tisch quasi fluchtartig verlassen hatte. Oldschool eben. Zweitens: Totale Überreaktion ihrerseits. Peinlich! Damit hatte sie ja mehr oder weniger zugegeben, dass er Recht haben könnte!

Auf der Toilette schaute Susan in den Spiegel und sah nicht die Frau, die sie sehen wollte. Sie fand sich keineswegs unwiderstehlich. Eher abgekämpft. Aber ihr Hals … Meine Güte! Ich sage ihm, er ist unattraktiv, und er macht mir unverdrossen dieses schöne, schmeichelhafte Kompliment, dachte sie und kehrte nur äußerlich wieder in Form gebracht, aber ohne Konzept und Strategie zurück ins Restaurant. Ihre halb zurückgelassene Seezunge war verschwunden. Stattdessen stand da ein Magenbitter.

»Die Seezunge war vielleicht nicht ganz frisch. Kann passieren.«

Dafür hätte sie ihn auf der Stelle küssen können.

Er rettete die Situation vollends, indem er weitersprach: »Ich erzähle Ihnen etwas von mir. Mir ist vor einigen Jahren gekündigt worden. Große US-Firma. Von heute auf morgen. Hat mir den Boden unter den Füßen weggezogen. Aber gab 'ne hübsche Abfindung. Und wissen Sie, was ich seitdem mache?« Er wartete ihre Antwort nicht ab, nahm stattdessen ihre Hände zwischen seine, einfach so. »Ich schreibe Bücher. Im Moment sitze ich an einem Roman mit dem Titel DER MANN, DER VERSUCHTE, DIE FRAUEN ZU VERSTEHEN. Das ist mir bis heute nämlich noch nicht ansatzweise gelungen.«

»Warum wollen Sie das denn versuchen? Ich meine, wenn Sie bisher nicht imstande waren, uns Frauen zu verstehen, was lässt Sie glauben, es jetzt zu schaffen, Simon?«

»Weil ich zum ersten Mal die Chance dazu habe.« Er schaute zu den Rauchern hinaus, dachte nach. Dann sah er sie prüfend an: »Ich überlege, ob Sie die Wahrheit vertragen können.«

»Nur zu!«, forderte sie ihn auf. Hamburg im Herbst ist zumindest im Bruschetta wie Rom Mitte Juli … Das ging ihr wirklich durch den Kopf.

»Ich bin der impotente Mann fürs Leben, den ihr Frauen angeblich alle sucht. Also, nicht im wörtlichen Sinn impotent«, korrigierte er sich. Eitel war er also doch ein wenig. »Aber«, fuhr er mit keineswegs leiser Stimme fort, »solange du jung bist, hast du so viel Testosteron, dass du gar nicht weißt, ob du liebst. Du begehrst, bestenfalls.«

»Ja, und heute? Still ruht der See?« Susan suchte ihr Heil in Rotzigkeit, was ihr selbst nicht besonders gut gefiel. Aber eine andere Tonlage stand ihr gerade nicht zur Verfügung.

»Heute bin ich allein und ungebunden, und vielleicht gelingt es mir ja jetzt endlich zu verstehen, wie ihr Frauen denkt. Denn ich will irgendwann mal mit einer Frau schlafen, die ich liebe. Und die mich genauso liebt.« Simon schenkte ihr Primitivo nach, und Sandro reichte von hinten – diesmal taktvoll ohne schnarrend laute Stimme – einen weiteren Vecchia. »Deshalb schreibe ich so ein Buch … um diese Frau zu finden.«

»Wie findet man denn beim Schreiben eine Frau?«

»Zum Beispiel während der Lesereise. Wenn die richtige Frau mein Buch gelesen hat, wird sie kommen. Ich lese in jedem Dorf, jedem Krankenhaus, jedem Provinz-Literatur-Café, einfach überall. Nur um sie zu finden.«

Ist der Mann nun peinlich oder entwaffnend ehrlich? Er gab Susan Rätsel auf. »Über dreißig darf sie aber nicht sein«, provozierte sie ihn weiter, im Grunde viel zu albern.

»Irrtum, nicht unter fünfzig! Frauen, die meine Töchter sein könnten ... das geht nicht. Kommt nicht in Frage. Bleibt das Torpedorohr der Tirpitz in Ruheposition.«

»Ah, Militärhistoriker macht Altherren-Witz«, sagte sie bissig.

»Mag schon sein. Aber was kümmert Sie das? Sie sind ohnedies noch attraktiv für jeden deutlich jüngeren Mann. Ich stehe ja nur für das Abendessen zur Verfügung. Mehr nicht. Aber das mit dem Gästezimmer war trotzdem ernst gemeint. Das mit dem Hals im Übrigen auch.« Nach kurzem Zögern wagte sich Simon vor. »Darf ich Ihnen bei Ihrem Artikel helfen?«, fragte er. So eine »Kooperation« sei ihm durchaus nützlich für sein Buchprojekt. Und dem Artikel würde eine männliche Stimme sicher auch nicht schaden. Einzige Bedingung: Alle Paare werden im La Bruschetta interviewt.

Verblüfft und ohne lange darüber nachzudenken, willigte Susan ein. Sie war selbst ein wenig überrascht über sich, aber schließlich ging es ja um Paare, da war der männliche Standpunkt tatsächlich nicht verkehrt, argumentierte die Sachbuchautorin in ihr.

Nach kurzem Zögern reichte sie Simon die Mappe mit den Informationen zu den Paaren. Konzentriert schaute Simon die Fotos durch, betrachtete das ein oder andere etwas länger und nahm hin und wieder einen Schluck Vecchia. Zu gerne hätte Susan gewusst, was ihm durch den Kopf ging, war aber gleichzeitig für die kleine Atempause sehr dankbar.

Irgendwann präsentierte Simon Susan seine Favoriten, und sie entschieden sich gemeinsam für drei Paare.

»Ein viertes Paar, Abdul und Fatimah, *müssen* wir interviewen, das war eine Vorgabe meiner Freundin Anne, der Chefredakteurin«, erklärte Susan fast entschuldigend. »Die beiden sind seit dreißig Jahren verheiratet, und die Liebe ist wohl immer noch frisch«, seufzte Susan.

Und nun am besten gleich ran an die Arbeit, dachte Susan bei sich. Wenn sie in Hamburg schneller als erwartet fertig würde, konnte sie früher nach Zürich zurück und dem scheußlichen Wetter hier wieder entfliehen. Und auch diesem Mann, der sie irgendwie verwirrte. Schnell entschlossen griff Susan zu ihrem Handy und rief die Paare an. Sie hatte bei allen Glück und vereinbarte mit ihnen Termine im Bruschetta.

Das Lokal hatte sich um die beiden herum wieder geleert. Und nachdem das Geschäftliche erledigt war, zeigte bei Susan der Alkohol seine Wirkung: Bleigewichte schienen auf ihren Augen zu liegen. Sie versuchte es zu verbergen, allerdings mit geringem Erfolg.

»Ich zeige Ihnen mein Gästezimmer.« Simon erhob sich.

»Vergessen Sie's, ich gehe hier noch lange nicht weg.« Trotzig blickte Susan zu ihm auf.

Also blieben sie sitzen und planten das weitere Vorgehen. Irgendwann war Susan betrunken, abgefüllt von zu viel Wein und zu vielen Emotionen. Die Begegnung mit Simon und das Gespräch über die große Liebe dieser Paare hatten sie aufgewühlt. In ihr tobte ein Orkan, der von einer seltsamen, lähmenden Müdigkeit überlagert wurde. »Flucht-Schlaf« hatte ihre Mutter diesen Zustand früher genannt.

Simon bemerkte ihre Müdigkeit, machte Sandro ein Zeichen und half der leicht schwankenden und deshalb plötzlich anlehnungsbedürftigen Susan ein paar Minuten später in den Mantel. »Kommen Sie, ich habe Ihnen ein Taxi bestellt.« Er trug ihre beiden Gepäckstücke mit einer Hand, während er ihr mit der anderen Halt gab und sie aus der Tür und zum wartenden Auto geleitete.

»Wohin?«, fragte der Taxifahrer. Simon küsste sie zum Abschied auf die Wange, und Susan nuschelte ihre Hotel-Adresse, während sie ungraziler als gehofft auf die Rückbank fiel. Im Geiste hatte sich Simon den Namen ihres Hotels längst notiert.

Die Redaktion hatte Susan im Hotel Relana untergebracht – eine Art Wellness-Club für die Upperclass. Susan mochte solche versnobten und elitären Gehege eigentlich nicht, doch die Hotelzimmer waren auch für Normalsterbliche und Nicht-Mitglieder zugänglich und bezahlbar – und sie waren ruhig und schön.

Das Hotel lag ganz in der Nähe des Bruschetta. Angenehmerweise konnte das Taxi direkt in die Tiefgarage fahren, so dass Susan nicht noch mal durch den Regen stolpern musste. Was war denn das?, fragte sie sich benommen, als sie es endlich geschafft hatte, in den Fahrstuhl zu taumeln und den richtigen Knopf zur Rezeption zu drücken. Der Abend kam ihr auf einmal skurril vor. Wieso hatte sie sich so schnell darauf eingelassen, diesen Job mit ihm zusammen zu machen? Und dennoch hatte sie, außer einem kreiselnden Kopf, ein merkwürdig warmes Gefühl im Bauch. Simons Witz und sein Charme hatten eindeutig etwas mit ihr angestellt. Die Aufmerksamkeit, die er ihr geschenkt hatte, breitete sich gerade wohlig in ihr aus. Sie fühlte sich wahrgenommen, ja wertvoll!

»Bitte beachten Sie, dass Sie mit der Karte zunächst die Tür des Etagenflurs öffnen müssen!« Die Rezeptionistin riss sie aus ihren Gedanken. Susan absolvierte den Late-Check-in und hoffte, dass die adrette Dame ihre Fahne (und dabei dachte sie nicht nur an den Wein, sondern auch an den Knoblauch) nicht roch. Sie ließ sich von einem Angestellten ihr Zimmer zeigen – und die Koffer tragen.

Erschöpft fiel sie in Zimmer 70 auf das gemütliche Kingsize-Bett, goss sich aus der Flasche Mineralwasser, die neben einem Obstkorb freundlicherweise zur Begrüßung auf einem Tischchen bereitstand, ein Glas ein und warf eine Kopfschmerztablette rein. Höchste Zeit, wieder einen klaren Kopf zu bekommen. Außerdem würde das den Kater morgen lindern. Während sich die Tablette im Wasser langsam auflöste, ging Susan unter die Dusche. Sanft auf sie hinabregnendes, warmes Wasser hatte schon immer Heilwirkung auf ihren Körper und ihre Seele gehabt. Mit geschlossenen Augen ließ sie sich das wohltemperierte, weiche Nass aufs Gesicht regnen. »Simon Kanstatt – was für ein merkwürdiger Mann! Was für eine merkwürdige Begegnung …« Sie musste grinsen und ließ sich das Wasser in den Mund laufen. Das hatte sie schon als Kind geliebt.

Nach dem Duschen kuschelte sie sich in den weichen weißen Frottee-Bademantel und kroch unter die Decke. Während sie Schluck für Schluck ihr Wasser trank, ließ sie sich von den bunten Bildern aus dem

Flachbildfernseher berieseln, ohne sie wirklich wahrzunehmen. Da sie stets mit offenem Fenster schlief, kippte sie die Terrassentür. Die Geräusche von draußen auf der Straße, der Schwachsinn auf dem Bildschirm – schnell wurden Susans Augenlider wieder bleischwer, sie knipste das Licht und den Fernseher aus und fiel in tiefen Schlaf.

Morgens um neun riss sie der Wecker unsanft aus den Träumen. Wobei: So sanft waren auch die Träume nicht gewesen. Sie war wieder mal durch eines der ihr schon bekannten Szenarien gehetzt, in denen sie einen Koffer packen sollte und dauernd etwas fehlte. »Ein klassischer Überforderungstraum«, wie ihr eine Psychologin mal erklärt hatte. Aber wovon war sie überfordert? War ihr das bisschen Arbeit jetzt schon zu viel? Leicht verärgert über sich selbst machte sie sich auf den Weg ins Schwimmbad des Clubs.

Etliche sportsüchtige junge Frauen kreuzten auf den Fluren ihren Weg. Viele gingen zum oder kamen aus dem Fitness-Raum. Mit Geräten hatte Susan nichts am Hut. Sich mit dem Crosstrainer auf einem künstlichen Spaziergang abzuplagen, fand sie albern. Wenn schon gehen, dann richtig. Und ansonsten folgte sie der Devise: »No sports!« Hatten die Spitzensportler nicht alle kaputte Gelenke und Herzen? Das war doch Beweis genug! Übertriebene Bewegung konnte nicht gesund sein – kein Tier tat sich so etwas an.

Schwimmen war allerdings was ganz anderes, das war wie Fliegen! Susan liebte das Gefühl der Schwerelosigkeit, das Treiben und Schweben. Und das Tauchen – Wasser überhaupt. »Ein gutes Zeichen«, meinte ebenfalls ihre befreundete Psychologie-Kollegin. »Wasser steht für Sexualität! Wer also Angst vorm Schwimmen oder vor tiefem Wasser hat …« In Bezug auf Sex hatte Susan tatsächlich noch nie Probleme gehabt – einzig mit den Gefühlen, die die Verschmelzung, die Ekstase nach sich zogen … Liebe – nichts war ihr mittlerweile unheimlicher.

»Oh, pardon!« Sie war auf dem Rücken schwimmend mit einem älteren Herrn zusammengestoßen. »'tschuldigung« murmelnd, nahm sie wieder Brustschwimm-Position ein und entfernte sich mit ein paar schnellen Zügen. Schon als Kind hatte sie es, zum Entsetzen ihrer Mutter, geliebt, sich von den Wellen mitreißen und ans Ufer spülen zu lassen. Wie ein kleiner Rausch im sprudelnden, schaumigen Gequirl der Gischt. Oft war sie dabei bis zu einer Minute unter Wasser geblieben.

Auch Frühstück war nicht ihr Ding. Ihr reichte morgens ein Brötchen und ein Kaffee. Dieses Brunch-Brimborium, bei dem man alle möglichen Buffet-Highlights in sich hineinstopft, war für Susan ein Grauen, machte sie müde und dumpf für den Rest des Tages. Auch heute verweigerte sie die Frühstücks-Schlacht und machte sich lieber zu Fuß auf den Weg ins Bruschetta, wo sie sich noch ein wenig vorbereiten wollte. Sowohl auf die Paare als auch auf die Wiederbegegnung mit Simon Kanstatt. Sie hatte noch viel Zeit und bestellte deshalb in einem Bistro, dessen Barhocker mitsamt Blick auf das Treiben der Straße einladend genug war, einen Kaffee und ein Brötchen mit Schinken und Käse. Zufrieden setzte sie sich vor die Glasfront des Bistros, schlürfte ihren Kaffee und blätterte in der *Morgenpost.* Was Simon wohl grade tat? Wie er lebte? Wann er aufstand? Was er zum Frühstück zu sich nahm? Wieso musste sie eigentlich schon wieder an ihn denken?

Nach ihrem Imbiss schlenderte Susan den Hofweg hinauf, der irgendwann in den Mühlenkamp überging und dort jede Menge bunter kleiner Läden bot. Wie wohl fast jede Frau war auch Susan süchtig nach Schuhen – und hier gab es etliches, das sie begeisterte. Im vierten Laden kaufte sie sich ein paar edle dunkelbraune Chelsea-Boots. Nach so einem Modell hatte sie schon lange gesucht. Abgesehen davon hatte sie das Gefühl, dass ihre Stiefeletten immer noch feucht waren. Dank des großzügigen Honorars für den Artikel konnte sie sich das Paar auch leisten. Billige Schuhe mit Kunstledersohlen, verklebt, statt genäht, ertrug sie nicht. Das hatte nichts mit Snobismus zu tun, sondern einzig mit dem Bedürfnis nach Echtheit und Wertigkeit. Alles, was sie am Körper trug, sollte echt sein. Gute Materialien, mit Qualität und Können verarbeitet. Während sie bezahlte, was ihr wie immer einen kleinen Kauf-Kick bescherte, fiel ihr Blick auf ihre Rolex, die sie vor fünf Jahren auf Raten gekauft hatte. Schon zehn nach zwölf! Mist! Seit zwölf Uhr war sie mit Simon im Bruschetta verabredet. Eigentlich hatten sie sich noch absprechen wollen, bevor das erste Paar kam – das wurde nun knapp. Im Laufschritt eilte Susan zu dem Italiener.

Das Lokal war noch fast leer, nur ein paar vereinzelte Gäste und Simon, der vor einem halb ausgetrunkenen Espresso Doppio saß. Als er Susan hereinkommen sah, stand er auf und begrüßte sie wieder mit einem Kuss auf die Wange. Susan nahm wieder sein angenehmes After Shave wahr, hmmm, der Mann hatte Geschmack. Er half ihr formvollendet aus dem Mantel. Kaum saß sie und hatte ebenfalls einen Espresso bestellt, ging die Tür auf, und das erste Paar trat ein – Nora und Marc! So viel zur Vorbereitung …

Nora, vielleicht zehn Jahre jünger als er, schritt resolut vorneweg, Marc, Anfang sechzig, ihr hinterher. Simon drückte noch kurz Susans Hand, als wollte er sagen: »Von jetzt an arbeiten wir zusammen, ja?«

»Vielleicht ist das der Beginn einer ganz großen Ehe«, flüsterte er ihr zu. Susan zuckte und zog ihre Hand zurück.

Kaum hatten die beiden Platz genommen, wurde Marc, nachdem er sich etwas ungeschickt vorgestellt hatte, deutlich: »Ich bin nicht gerade begeistert von diesem Vorhaben«, bekannte er. Wenn einem das seltene Geschenk einer so großen Liebe widerfahre, dann sollte man sie nicht ins Schaufenster stellen, meinte er. Aber mit diesem Argument habe er bei Nora leider keine Chance gehabt.

Nora unterbrach ihn sehr temperamentvoll: »Ich möchte anderen Menschen und vor allem den Frauen meines Alters Mut machen: Die große Liebe – es gibt sie wirklich! Man darf sie nur nicht suchen. Sie stellt sich nur ein, wenn man sie nicht sucht. Man muss sich von ihr finden lassen! Und das kann einem genauso gut auch noch mit fünfzig passieren.«

Marc guckte etwas resigniert drein, aber doch mit einem Schmunzeln, und setzte sich Simon gegenüber.

Als sie sich nach den üblichen Kennenlernfloskeln ein wenig warm geredet hatten, drehte sich die Situation: Marc, der eigentlich gar nicht hatte kommen und erst recht nicht erzählen wollen, sprudelte förmlich über vor Mitteilungsbedürfnis. Wasserfallartig brach es aus ihm heraus, er wartete noch nicht mal, bis Susan ihr Aufnahmegerät zum Mitschneiden angestellt hatte. Und Simon, der Notizen vorzog, bekam Schwierigkeiten, mit dem Schreiben Schritt zu halten.

Durch Marcs Wortschwall entstand bei Susan der Eindruck, er versuchte, sich von einer Schuld freizusprechen; als würde es ihm fast leidtun, die große Liebe gefunden zu haben. Bevor er Nora kennengelernt hatte, war Marc gut verheiratet gewesen, die Ehe hatte über zwanzig Jahre gehalten. »Ich habe zwei wunderbare Kinder«, erzählte Marc, »und von den zwanzig Ehejahren waren zehn sehr gut und fünf vielleicht nicht ganz so gut. Dazu kamen fünf schlechte, die auch deshalb so schwierig waren, weil ich so viel unterwegs war. Ich bin Einzelhandelskaufmann, habe die ganze Welt bereist und konnte mich, vor allem als ich die Karriereleiter hochkletterte, nicht mehr so sehr um die Familie kümmern, wie ich es wollte. Ich habe meine Frau aber nie betrogen. Wir hatten eine ganz konservative Aufgabenteilung: Meine Frau versorgte die Kinder, und ich verdiente das Geld. Und dann traf ich Nora! Zufällig saßen wir im Flugzeug nebeneinander, und ich dachte, was für eine amüsante Person, weil wir spontan miteinander lachen mussten.« Grinsend zwinkerte er ihr zu, was sie sofort erwiderte. Sandro nutzte die Gesprächspause und nahm ihre Bestellung auf.

Dann fuhr Marc fort. »Es war nicht die klassische Liebe auf den ersten Blick. Dennoch zog mich die Begegnung mit ihr in den Bann. Ich kriegte diese Frau nicht aus dem Kopf und fühlte mich irgendwie infiziert, als ich wieder zuhause ankam. Das war mir zwanzig Jahre lang nicht mehr passiert, und ich begann etwas zu bereuen, bei dem es noch gar nichts zu bereuen gab. Ich bekam meiner Frau gegenüber ein schlechtes Gewissen, völlig grundlos! Vielleicht, weil meine Gedanken und Gefühle spazieren gingen und zwar in Gegenden, die mir unbekannt waren oder die ich in den letzten Ehejahren einfach vergessen hatte …« Nachdenklich nahm Marc einen Schluck aus seiner Espresso-Tasse.

»Meine Ehe war zu dem Zeitpunkt nicht mehr gut«, sprach er weiter, »aber wir gingen offen und kultiviert miteinander um. Wir hatten uns darauf geeinigt, mit einer Trennung zu warten, bis die Kinder Abitur gemacht hatten und ihrer Wege gegangen waren, weil wir ihnen nicht ihr Zuhause nehmen wollten.«

Als Marc jetzt kurz verstummte, wandte Susan sich an Nora. »In welcher Situation haben Sie denn damals gelebt?«

»Ich war ungebunden.« Sie sah Marc an. »Zwar hatte ich eine sogenannte Langzeitbeziehung mit einem verheirateten Mann, aber ich fühlte mich ihm emotional nicht verpflichtet. Auch nach so langer Zeit hatte sich in unserer Beziehung nichts getan, sie war nicht konkreter geworden, und ich hatte bereits begonnen, mich von ihm zu lösen. Insofern hatte ich es viel leichter, aber ich muss sagen, dass Marc für mich zu Beginn auch nicht der Traum meiner schlaflosen Nächte war. Ich habe ihn mir im Flugzeug genau angeschaut, und mir war aufgefallen, dass er wunderschöne Ohren hatte und sehr warme Augen. Außerdem konnte er erstklassige Pointen setzen. Er ist ein fantastischer Erzähler, und ich konnte sofort über ihn lachen, wie auch heute noch.« Sie funkelte ihn schelmisch an. »Er machte während seiner Erzählungen genau im richtigen Moment Pause und hatte eine Ausstrahlung, die ich vielleicht noch nicht erotisch fand, aber auf eine wunderbare Weise männlich und sinnlich zugleich. Sehr anziehend. Trotzdem – bei mir ist am Anfang der Funke nicht übergesprungen.«

Susan schaute auf, blickte aus dem Fenster, nutzte die Pause ihres Gegenübers, um sich ein Glas Wasser nachzuschenken, und fragte Marc: »Wann wussten Sie, dass Sie Ihre Familie für Nora verlassen werden?«

»Das wusste ich sehr früh«, antwortete Marc fast tonlos. »Und hätte es niemandem erzählt – noch nicht mal meinem besten Freund. Denn ich scheute mich davor, es auszusprechen. Ich wollte nicht, dass mein Mund, auch nicht gegenüber dem größten Vertrauten und Freund, den Satz formuliert: ›Diese Frau bringt meine Ehe in Gefahr, weil sie mich vielleicht sogar zu mir selbst bringt.‹ Wahrscheinlich hätte ich das gar nicht formulieren können, denn ich wusste noch nicht mal, dass ich gar nicht bei mir selbst war. Aber als ich Nora kennengelernt habe …« Marc machte eine Pause, dachte kurz nach und fuhr dann fort: »Ich habe damals einen Artikel über Albert Camus gelesen. Ich habe mir gemerkt, dass ihm zufolge der Sinn des Existenzialismus sei, den Menschen zu sich selber zu führen, auch wenn es sich danach als ein Irrtum erweise. Da hat es bei mir klick gemacht, denn Camus hatte vollkommen Recht. Das stimmt für alles, auch für die Liebe. Deshalb habe ich dann Nora sein Buch *Der Fremde* geschenkt und sein Zitat vorne als Widmung reingeschrieben. Es ist doch Unsinn zu glauben, wer am Schluss lacht, würde am besten lachen. Lass uns doch das Leben überlachen, auch auf die Gefahr hin, dass das Resultat am Ende traurig sein könnte. Lieber ein pralles Leben und ein trauriger Tod als ein trauriges Leben und ein lächelndes Ende.«

Nora legte ihre Hand auf die von Marc. Wie ein Kind legte er wiederum seine Hand auf ihre, sie stieg ein und packte ihre Hand wieder obenauf, und sie spielten ganz kurz dieses Spiel, bei dem es nie einen Gewinner gibt. Es wirkte wie ein albernes, aber liebgewonnenes kleines Ritual zwischen ihnen und war irgendwie anrührend.

Nora spürte die Blicke von Susan und Simon und erriet die Gedanken der beiden: »Ja, wir sind teilweise sehr albern. Es kommt öfter vor, dass wir im einen Augenblick ernsthaft über Albert Camus sprechen und im nächsten so albern sind, dass man glauben könnte, wir wären Alleinunterhalter auf einem Kindergeburtstag. Und das ist es vielleicht«, fuhr sie fort und lächelte. »Vielleicht ist mein Leben jetzt eine Mischung aus einem Kindergeburtstag und der absoluten Wahrheit. So albern, so ausgelassen und gleichzeitig so ernsthaft wie nie zuvor. Ich weiß jetzt, wer ich bin, weiß, dass meine Seele zum ersten Mal in meinem Leben bei Marc eine Heimat gefunden hat. Noch nie habe ich mich bei jemandem so zuhause gefühlt wie bei ihm.«

Simon konnte eine Frage nicht unterdrücken, die das Gespräch möglicherweise zum Stocken bringen würde: »Was ist, wenn einer von Ihnen beiden stirbt? Was macht dann der andere?«

Marc blickte etwas betreten drein, antwortete erst nach einer ganzen Weile und hatte sichtlich Mühe, die richtigen Worte zu finden: »Interessant, dass Sie diese Frage stellen. Das ist mir auch schon öfter durch den Kopf gegangen. Schauen Sie, sollte ich derjenige sein, der übrig bleibt, dann werde ich mich um meine Kinder und vielleicht meine Enkel kümmern, aber ich werde als ein Schatten durch die Welt gehen, das weiß ich. Und das ist auch der Grund, warum ich nicht über diese Liebe sprechen wollte. Sie macht so unendlich verletzbar, sie macht mir Angst. Auf einmal gibt es so viel zu verlieren. Als fürchtete man sich im schönsten Frühling davor, dass unweigerlich der Herbst und der Winter kommen wird und alle Freude verschwindet.«

»Ja«, sagte Nora und nahm seinen Gedanken auf, »es ist merkwürdig: Einerseits sind wir so glücklich, aber andererseits oft so melancholisch wie noch nie, weil eine große Liebe offensichtlich dazu beiträgt, den Wert der Lebenszeit noch einmal neu zu vermessen, neu zu würdigen. Wir versuchen jetzt so viel Schönes wie möglich in unsere Zeit zu packen: Wir machen Reisen und fotografieren alles, um alle Erinnerungen zu behalten. Ich bin mir ganz sicher, ich werde eines Tages diejenige sein, die übrig bleibt.

Dann werde ich all diese Reisen noch einmal alleine machen und an jedem Ort auf dieser Welt, an dem wir gemeinsam waren, an Marc und an das denken, was wir dort erlebt haben.«

»Warum«, unterbrach sie Marc etwas verärgert, »glaubst du, dass ich zuerst sterbe? Das ist ja ein starkes Stück! Wir brauchen noch mehr Rotwein ...«

Sandro erschien wie aus dem Nichts, als hätte er hinter ihnen gestanden und gelauscht. Sofort schenkte er nach. Und wie sich zeigte, hatte er tatsächlich zugehört – was ungewöhnlich war, Indiskretion war überhaupt nicht seine Art. Voller Melancholie sagte er: »Wisst ihr, jetzt verstehe ich. Den Mann reizt die Annäherung – was soll ich sagen, ich bin Italiener! Le donne aber suchen Nähe. Für Nähe hat es bei mir nie gereicht, für Annäherung schon immer. Und alles, was dazu gehört.« Er zwinkerte verschmitzt.

Simon entgegnete lakonisch: »Sandro, sogar du italienischer Gigolo kannst dich noch öffnen. Auch du kannst noch die Liebe zulassen in deinem Leben. Vielleicht musst du nur mal von deinen albernen Macho-Vorstellungen Abstand nehmen. Aber jetzt hör uns nicht weiter zu, bring uns lieber was zu essen! Bring uns Leber, Fegato! Das Mittagessen geht auf mich!«

Nora wandte ein, dass sie Vegetarierin sei. Darauf sagte Simon schmeichelnd: »Dann sollten Sie einmal mehr hier Fegato probieren, denn wenn man schon wenig Fleisch isst, was ich begrüße, dann zumindest dort, wo es gut ist.« Das Tier sei ja ohnehin schon tot, fuhr er fort, sie könne durch ihre Lebensweise jetzt kein Wesen mehr retten.

Marc versuchte seiner Partnerin beizuspringen und erwiderte: »Das ist ziemlich albern, was Sie da von sich geben, schließlich kann jeder essen, was er will. Aber sei's drum …«

»Sie haben Recht«, lenkte Simon ein, »wir sind nicht hier, um über Ernährung zu sprechen.«

»Wissen Sie«, kehrte Marc nickend zum Thema zurück. »Ich habe alles probiert, um meine Ehe zu retten, und habe versucht, Nora gewissermaßen vor der Tür zu halten. Vor der Tür, die zu meinem Herzen führt. Ich habe mit meiner damaligen Frau Reisen unternommen, wir sind auch wieder miteinander ins Bett gegangen, haben vieles versucht und mussten dann doch feststellen: Es funktioniert nicht. Es hat einfach nicht mehr geklappt.« Er nahm einen Schluck Wein und fuhr dann fort. »Der bitterste Moment für mich war nicht die Trennung selbst, sondern zu meinen Kindern zu gehen und ihnen von Nora und meiner Liebe zu ihr zu erzählen. Es war kurz vor Weihnachten, und ich möchte diese Zeit nie wieder erleben. Und dennoch wusste ich, dass es keine Alternative gab. Es gab schlicht und ergreifend keine Alternative zu einem Leben mit Nora.«

Nora ergänzte leise: »Ich konnte ihm damals überhaupt nicht helfen. Er war mutterseelenallein. Er musste diesen Weg gehen, und ich konnte ihn nur immer wieder in die Arme nehmen und ihm beistehen, ihm sagen: ›Komm dann zu mir, wenn du die Kraft hast! Ich setze dich nicht unter Druck. Erledige die Dinge, die du erledigen musst, bemüh dich um eine versöhnliche Trennung mit deiner Frau und versuch deine Kinder irgendwie davon zu überzeugen, dass es vielleicht einen Weg gibt, wie wir eines Tages wieder alle gemeinsam unter einem Weihnachtsbaum versammelt sein können.‹«

»Aber das«, fuhr ihr Marc ins Wort, »ist leider Blödsinn! Man kann eine Trennung nicht wirklich harmonisch gestalten, das habe ich damals gelernt. Ich habe meinen Kindern immer wieder gesagt: ›Ich war das einzige Scheidungskind in meiner Klasse, damals in den Siebzigerjahren, und war trotzdem glücklich, weil ich zu meiner Mutter ein gutes Verhältnis hatte und mein Vater aus dem Haus war. Was glaubt ihr, wie viele Kinder damals in einem Elternhaus aufwuchsen, in dem die Eltern zusammengeblieben sind, und trotzdem oder gerade deshalb eine unglückliche Kindheit hatten. Das Beste im Leben ist eine glückliche Ehe, aber eine schlechte Ehe ist nicht das Zweitbeste. Das Zweitbeste ist eine aufrichtige, faire und behutsame, aber klare Scheidung!‹«

»Glauben Sie denn, dass Sie sich, wenn Sie sich zehn Jahre früher getroffen hätten, auch so verliebt hätten? Wäre es dann auch die große Liebe gewesen?«, fragte Susan.

»Nein!«, antworteten beide zu Susans größter Verblüffung wie aus einem Mund.

Marc übernahm wieder. »Ich glaube, in unser beider Leben musste sich erst einiges ändern. Wir waren beide beruflich unglaublich eingespannt. Nora in ihrer Kanzlei und ich auf meinen Reisen. Erst als wir jeweils das Gas ein bisschen rausgenommen, das Tempo verlangsamt hatten, haben wir – jeder für sich – gemerkt, wie sinnentleert unser jeweiliges Leben bislang war. Damit meine ich uns natürlich nicht in unserer Rolle als Mutter oder Vater.«

»Haben Sie denn auch Kinder?«, hakte Simon nach und schaute Nora fragend an.

»Ja, ich habe eine Tochter«, antwortete Nora, »aber die war damals schon aus dem Haus, insofern hatte ich es einfacher als Marc. Meine Tochter lebt in Berlin, ist verheiratet und war von ihrer Mutter schon einige Veränderungen und Umbrüche gewohnt.« Nora schmunzelte. »Wir haben ein sehr enges Verhältnis, telefonieren oft und gehen sehr liebevoll miteinander um. Ich jedenfalls hatte die Probleme, die Marc zu bewältigen hatte, zum Glück nicht. Aber vielleicht haben Mütter und Töchter in so einer Lage auch mehr Verständnis füreinander. Aber ich glaube, was Marc eigentlich sagen wollte –«, wieder lächelte sie ihn mit diesem verschwörerischen Augenzwinkern an, »wir waren beide an einem ähnlichen Punkt im Leben angelangt, wo sich einmal mehr die Frage nach dem Sinn stellt und man die eigene Umgebung hinterfragt. Und deshalb hat es auch genau an diesem Punkt zwischen uns beiden gefunkt. Und zwar ordentlich.«

»Ich habe«, fuhr Marc fort, »damals oft den alten Springsteen-Song *Hungry Heart* gehört. Das war eigentlich ein Song meiner Jugend, aber plötzlich tauchte er in meiner Playlist wieder auf, genau in der Zeit, als ich Nora kennenlernte. Und dieses Lied über die hungrigen Herzen begleitete mich fortan durch die Auseinandersetzung mit meiner Familie. Dieser Song ist der Soundtrack unserer Liebe.«

»Aber wissen Sie, was komisch ist«, fragte Nora und sah Simon und Susan eindringlich an. »Seit es diese Liebe in meinem Leben gibt, habe ich plötzlich da Angst, wo ich nie Angst hatte!«

»Wie meinen Sie das?«, fragte Susan.

»Na ja, wenn Marc beispielsweise von München nach Hamburg fliegt, dann denke ich: Hoffentlich ist das ein sicherer Flug. Hoffentlich kommt er gut an! Und wenn er sich nach seiner Rückkehr in Fuhlsbüttel in ein Taxi setzt und zu unserer Wohnung fährt, dann hoffe ich, dass das Taxi keinen Unfall baut. Mit diesen Befürchtungen komme ich mir regelrecht albern vor, aber ich kann sie einfach nicht abstellen. Und früher ist mir so was nie passiert, noch nicht mal bei meiner Tochter.« Nora atmete tief durch, als müsste sie eine Verspannung im Bauch lösen.

»Früher habe ich mir in Bezug auf meine Partner immer gesagt: Wird schon werden, wird schon klappen, macht nicht so'n Theater, aber diese Unschuld und Naivität, dieses Vertrauen in das Schicksal habe ich nicht mehr. Ich fürchte um Marc. Ich fürchte um ihn, weil ich jetzt viel besser als je zuvor weiß, wie fragil und zerbrechlich so ein Leben ist. Diese Liebe ist ein ganz neuer Wert in meinem Leben.«

»Mir geht es genauso«, ergänzte Marc. »Ich bin viel achtsamer, denn ich habe Verantwortung für ein anderes Herz. Ich fahre beispielsweise nicht mehr Motorrad. Ich hatte mir vor fünf Jahren eine tolle Maschine gekauft und hatte vor, ein paar Ausflüge zu machen und über die Alpen zu düsen. Das Motorrad ist mittlerweile wieder verkauft, weil ich weiß, wie gefährlich es sein kann. Ich möchte mich nicht in Gefahr begeben, ich möchte mein Leben nicht riskieren, sondern es am liebsten in Watte packen und in einen Safe legen, um möglichst lange gesund und mit Nora zusammenzubleiben.«

»Das klingt sehr, als würde sich alles nur um Sie beide drehen.« Nachdenklich faltete Simon seine Serviette.

»Ja, in der Tat«, stimmte ihm Marc zu. »Vielleicht wird man mit so einer Liebe egoistisch oder sogar egozentrisch. Man muss aufpassen, seine Freunde nicht zu vernachlässigen. Enge Freunde, die mir in der Not nach der Trennung sehr geholfen hatten, habe ich monatelang nicht gesehen, nachdem ich mich in Nora verliebt hatte. Nicht aus Nachlässigkeit, sondern weil ich jede freie Minute mit ihr verbringen wollte. Das haben sie mir natürlich übel genommen und als Undankbarkeit missverstanden. Ich kann das absolut nachvollziehen. Es ist, wie es ist.«

Einerseits überraschte es Simon, wie schnell die Antworten der beiden so persönlich geworden waren, andererseits war es auch nicht weiter verwunderlich. Denn das Burschetta bot den perfekten Rahmen. Das Quartett aß, trank, lachte, es gab noch mehr Fragen und noch etliche Antworten. Sandro schenkte immer wieder nach, aber irgendwann erhob sich Marc und sagte: »Ich hoffe, ich bereue es nicht, hier so offen gesprochen zu haben. Ich denke nach wie vor, man sollte ein so großes Glück nicht ausstellen und in der Öffentlichkeit preisgeben … Jetzt hab ich so viel erzählt … Sie schicken mir die Zitate doch zu, oder? Wir können das ja noch mal durchschauen und notfalls redigieren, nicht wahr?« Fragend schaute er Susan an.

»Machen Sie sich keine Sorgen, ich gehe behutsam mit Ihrer Geschichte um! Ich kann gar nicht anders, sie geht mir viel zu nah«, antwortete die.

Nora erhob sich, die beiden Frauen umarmten sich ein wenig linkisch und scheu, die Männer gaben sich die Hand. Simon brachte das Paar zur Tür. Das La Bruschetta war halb leer, die Ober standen gelangweilt herum, draußen vor der Tür diskutierten die Raucher eingepackt in ihre Wintermäntel. Ein paar hatten sich ein Glas Wein mit auf die Terrasse genommen.

Marc nahm seine Nora in den Arm, und sie schlenderten die Straße hinunter. Simon sah dem verliebten Paar eine Weile hinterher, atmete tief durch und guckte in den Himmel. Es regnete, wie immer in Hamburg »ein wenig«. Mit einem inneren Schulterzucken ging er zurück ins Restaurant und setzte sich Susan gegenüber. Die neue Flasche Wein stand schon da, sie war während seiner kurzen Abwesenheit gebracht worden. Es war bereits halb vier, später als geplant, und wieder blieb kaum Zeit, um sich zu unterhalten.

Das nächste Paar, das heute auf dem Plan stand, war ein Frauenpaar. Carmen, Grafikerin und Regina, Ärztin. Sowohl Susan als auch Simon war es bei der Auswahl wichtig gewesen, mit dem Artikel demonstrieren zu können, dass die Liebe keine geschlechtlichen und pseudomoralischen Kategorien kennt, sondern überall mit gleicher Intensität wirkt.

Carmen erschien zuerst. Eine zierliche Frau mit dunklem Kurzhaarschnitt und feinen Gesichtszügen. Volle Lippen, grüne Augen – ein bisschen erinnerte sie Susan an die Schauspielerin Anne Hathaway. Oder die französische Actrice Audrey Tautou. Carmen war der alterslose Typ, der vermutlich auch noch mit sechzig jung aussehen würde. Aktuell war sie dreiundfünfzig, wie sie aus den Unterlagen wussten.

»Hallo, ich bin Carmen!« Mit einem etwas scheuen Lächeln gab sie erst Susan und dann Simon die Hand.

»Freut mich sehr! Setzen Sie sich doch«, begrüßte Simon sie freundlich und nahm ihr die Daunenjacke ab.

Carmen rieb sich die Hände und pustete warme Luft darauf. »Kalt heute«, grinste sie.

Susan nickte, und ihr Blick blieb an Carmens kurzgeschnittenen Fingernägeln hängen. Das hatte sie schon öfter beobachtet, ein ungewolltes Indiz lesbischer Sexualität – unfreiwillig plakativ und deutlich … Bilder von zwei Frauen im Bett, von den Praktiken, die sie vermutlich hatten, von Händen, Mündern, Zungen, tauchten vor Susans geistigem Auge auf – mit etwas geröteten Wangen wischte sie sie schnell weg. Sie selbst hatte noch nie mit einer Frau geschlafen. Was zwei Frauen zusammen im Bett machten, konnte sie sich nur verschwommen vorstellen …

»Was möchten Sie trinken?«, fragte Simon.

»Gerne einen Kaffee«, antwortete Carmen. »Cappuccino«, verbesserte sie sich.

Simon winkte Sandro heran.

»Schön, dass Sie gekommen sind«, sagte Susan und lächelte Carmen an.

In diesem Moment ging die Eingangstür auf. Regina trat ein und brachte einen Schwall kalter Luft mit sich. Die beiden Frauen begrüßten sich mit einem innigen Kuss auf den Mund und einem tiefen Blick in die Augen, während sich Regina den Schal vom Hals wickelte. Auch ihr nahm Simon formvollendet den Fellmantel ab.

Beide waren ausnehmend hübsch, fiel Simon auf. Während Carmen der dunkle Typ war, war Regina blond. Simons Blick blieb an dem Schönheitsfleck neben Reginas sinnlichem Mund hängen.

Regina nahm neben Carmen Platz und griff unter dem Tisch nach ihrer Hand. »Dann legen Sie mal los! Was wollen Sie wissen?«

»Ich beginne mal ganz klassisch«, setzte Susan an. »Wie haben Sie sich kennengelernt?«

»Das war vor etwas mehr als drei Jahren«, antwortete Regina. »Sie wissen ja, ich bin Ärztin. Eine Kollegin von mir hatte mich zu ihrem Geburtstag geladen, und bei diesem Fest war auch Carmen mit ihrem damaligen Freund.«

»Für mich war es Liebe auf den ersten Blick«, nahm Carmen den Faden auf. »Regina kam rein, gab mir die Hand, und ich dachte nur noch: Ach, du Scheiße! Ich habe ihr in die Augen gesehen, und es hat *Zong!* gemacht – wie im Kino. Ich dachte immer, so was gibt's nicht. Jetzt weiß ich es besser!«

»Aber Sie waren mit einem Mann da, oder? Also waren Sie doch hetero?«, hakte Susan nach.

»Ja, das hatte ich bis dahin auch gedacht. Können Sie sich vorstellen, wie mich das alles umgehauen hat? Das hat das Gefühl in meinem Bauch ja umso merkwürdiger gemacht«, antwortete Carmen und lächelte.

»Ging es Ihnen genauso?«, wandte sich Simon an Regina.

»Ehrlich gesagt, nein«, antwortete Regina. »Ich fand Carmen ganz süß, aber ich war überhaupt nicht offen für eine Beziehung. Außerdem war sie ja eben mit ihrem Freund da.«

»Warum waren Sie nicht offen?«, wollte Susan wissen.

»Ich war damals einundfünfzig und hatte geglaubt, ich hätte mit der Liebe endgültig abgeschlossen. Ich hatte die übliche Anzahl an Beziehungen absolviert. Zwei Jahre, drei Jahre und zweimal sogar sechs. Alles schön, alles gut – aber irgendwie nie richtig. Nie hurrikanmäßig mitreißend, nie lebensverändernd, nie herzblutend leidenschaftlich! Nie so, wie ich es mir mit siebzehn vorgestellt hatte. Nie so, dass es mich nicht irgendwann wahnsinnig gemacht hätte, wie die andere atmete, roch, frühstückte oder aussah. Im Rückblick kamen mir damals meine Beziehungen wie großräumige Umleitungen vor, bevor ich endlich wieder auf der einspurigen Hauptstraße meines Lebens gelandet war.«

»Waren Sie schon immer nur mit Frauen zusammen?«, fragte Simon.

»Ja«, sagte Regina. »Damals nahm ich an, ich sei vermutlich selbst daran schuld, dass es mit mir und der Liebe irgendwie nicht klappte. Vielleicht bin ich nicht liebesfähig, habe ich gedacht, oder irgendwie irreparabel beziehungsgestört. Keine Ahnung. Kluge Leute sagen, dass man erstmal mit sich selber klarkommen muss, bevor man mit einem anderen zurechtkommen kann. Das stimmt bestimmt, dachte ich, und deshalb versuchte ich es damals lieber mit mir alleine. Seit sechs Jahren war ich Single und hatte mich in einem Anfall von schonungsloser Ehrlichkeit als ›beziehungstechnisch unbegabt‹ abgestempelt und mich damit abgefunden, abends schöne Bücher zu lesen, statt lauwarmen Sex zu haben. Ich war kein Single aus Überzeugung – eher aus Resignation. Aber ich hatte mich gemütlich eingerichtet in einem irritationsfreien Leben, ganz ohne Stürme der Leidenschaft – aber eben auch ohne Verwüstungen danach. Ich war glücklich auf einem gefahrlosen, beruhigend gleichbleibenden Level. Keine Schmerzen, kein Gezerre, keine nächtelangen Diskussionen.«

»Klingt trotzdem irgendwie traurig«, sagte Simon.

»Schon, aber wenn ich mir die Trennungs- und Betrugs-Geschichten heulender Freundinnen anhörte, war ich immer froh über mein Leerlauf-Seelenheil«, konterte Regina. »Natürlich tat ich mir auch manchmal furchtbar leid, wenn wieder irgendwo wild knutschende Paare meinen Weg kreuzten. Dann musste ich mich abends mit ein paar Gläsern Wein trösten und einem Mond, der noch voller war als ich selbst – der Preis für das bisschen Liebe … Ich wollte trotzdem lieber keine Wunden mehr und auch niemand anderem wehtun.«

»Aber die Liebe hat ihren eigenen Kopf und kommt, wenn man am wenigsten daran denkt«, hakte Carmen ein.

»Genau«, grinste Regina verschmitzt. »Am Tag nach dem Geburtstagsessen schien nach endlosen Regenwochen wieder die Sonne, und ich ging an der Elbe spazieren – und lief Carmen genau in die Arme, direkt vor der Strandperle.«

»Ich hab mich wahnsinnig gefreut«, sagte Carmen, »und sie gleich gezwungen, ein Bier mit mir zu trinken. Und da hat es dann auch bei ihr gefunkt ...«

»Es war, als würde plötzlich der Nebel vor meinen Augen weggerissen«, sagte Regina. »Dieses wunderschöne Gesicht, die frechen Augen – plötzlich spürte ich dieses Kribbeln im Magen. Ab da war eigentlich schon alles zu spät. Ich blickte auf Carmens volle Lippen, in ihre grünen Augen und auf ihre schönen Hände und wusste: Ich sehe die Liebe meines Lebens vor mir.«

»Aber sie hat sich trotzdem noch ein bisschen geziert«, verriet Carmen.

»Ich habe solche Angst gekriegt«, gab Regina zu. »Sie sind nicht immer angenehm, diese Momente, in denen man ganz genau weiß, dass eine Entwicklung nicht mehr zu stoppen ist. Dass man schon längst mittendrin steckt – auch wenn man sich einredet, man sei noch völlig frei. Am nächsten Morgen hab ich Muffensausen gekriegt und die Verabredung mit Carmen abgesagt. Ich hatte Angst. Ich wollte doch lieber, dass mein Leben so blieb, wie es war.«

»Dabei hätte eigentlich ich es sein müssen, die zögert und Angst bekommt«, sagte Carmen. »Ich hatte schließlich noch nie etwas mit einer Frau, das alles war vollkommen neu für mich – und außerdem steckte ich ja auch noch in den Schlusswehen einer Beziehung! Aber zum Angsthaben kam ich gar nicht – ich war ja vollkommen mit Aufreißen beschäftigt«, lachte Carmen und sah Regina an. »Mit dem Aufreißen einer Frau – totales Neuland für mich.«

»Und wie haben Sie Regina dann doch noch rumgekriegt?«, fragte Susan.

»Ach, das war gar nicht so schwer. Ich habe sie nach ihrer Absage abends angerufen, und wir haben bis vier Uhr früh telefoniert – sieben Stunden lang«, lachte Carmen.

»Danach war ich endgültig elektrisiert«, sagte Regina. »Es war, als hätte Carmen direkt mit meiner Seele gesprochen. Wir hatten den gleichen Humor, die gleiche Weltsicht, die gleiche Abgebrühtheit – sogar die gleichen Macken und Neurosen. Die nächsten Tage telefonierten wir gefühlt fast durchgehend. Meine Pflanzen vertrockneten, und es war mir egal. Es gab nichts Wichtigeres, als diese erotische Stimme gepaart mit dem schönsten Lachen der Welt. Carmen schien mich nach vier Tagen besser zu kennen als viele meiner Freunde nach Jahren. Zum ersten Mal fühlte ich mich gesehen und direkt angesprochen. Ich, also wirklich ich – und nicht nur meine äußere Hülle oder meine seelischen Verkleidungsmanöver. Wir haben uns in der Zeit ja nicht mal gesehen …«

»Mir ging es ganz genauso«, unterbrach Carmen. »Ich war fern-verliebt! Dauer-high. Ich sang unter der Dusche, strahlte jeden an, der mir über den Weg lief, und konnte mich bei der Arbeit nicht mehr konzentrieren. Ich war total verknallt in eine Frau, die ich nur ein paar Stunden lang gesehen hatte.«

»Und wie ging es dann weiter?«, schaltete sich Susan ein.

»Irgendwann war Regina bereit, sich mit mir zu treffen«, sagte Carmen. »Wir verabredeten uns im Vienna zum Essen – draußen im kleinen Gärtchen.«

»Und tranken die Flasche Riesling in Rekordzeit aus«, erinnerte sich Regina.

»Was dann noch fehlte, war der erste Kuss«, sagte Carmen. »Für mich war es ja der klassische Sprung ins kalte Wasser. Wie würde es sich anfühlen, eine Frau zu küssen? Konnte ich das überhaupt?«

Regina grinste in ihren Espresso, blickte dann auf und sagte: »Und wie sie konnte! Als aus zwei eins wurde, war alles perfekt! Sanft, ekstatisch – unglaublich! Alles war berauschend, Kopf, Körper, Geist, Gefühl.«

»Und dann hatten wir Sex«, platzte es aus Carmen heraus. »Ich war natürlich unheimlich neugierig darauf, wie es sich mit einer Frau im Bett anfühlen würde. Was sie mit mir anstellt, wie es ist, mit einem vertrauten Körper Liebe zu machen – und ob tatsächlich nur eine Frau weiß, wie und wo man eine andere richtig anfasst.« Carmen nahm einen Schluck Cappuccino und machte es spannend.

»Es war nicht so, dass ich Sex mit Männern plötzlich nicht mehr mochte. Ich habe immer sehr gerne mit meinen Freunden geschlafen, aber der Sex mit einer Frau, mit Regina, war ein absolutes AHA-Erlebnis für mich. Es war so viel besser!« Carmens Augen strahlten, dann warf sie einen fast entschuldigenden Blick zu Simon.

Der grinste und sagte: »Finde ich auch!«

Die drei Frauen lachten laut und fast ein bisschen zu albern auf.

»Sex ist für mich ein sehr starkes Bindeglied in einer Beziehung, ein wichtiger Faktor«, fuhr Carmen fort. »Ohne Sex könnte die Liebe noch so groß sein – ich würde vermutlich nicht bleiben …«

»Und was war der Unterschied zu Sex mit einem Mann?«, fragte Susan aus echter Neugier.

»Was machen zwei Frauen im Bett – das ewige Mysterium«, erwiderte Carmen lachend. »Das habe ich mich früher auch öfter gefragt. Dabei ist es ganz einfach: Es gibt eine Möglichkeit weniger als mit einem Mann – aber dafür sind die anderen Facetten stärker. Wie bei einem Blinden, dessen andere Sinnesorgane automatisch schärfer werden, so dass er besser hören, besser schmecken, besser riechen kann. Ich kenne ja nur Regina und kann mir deshalb kein Urteil im Allgemeinen erlauben. Ich glaube aber, dass Sex zwischen Frauen generell sanfter und sinnlicher ist: Frauen haben weichere Haut und weichere Körper als Männer, sind tatsächlich zärtlicher und einfühlsamer und nehmen sich beim Sex viel mehr Zeit, um das lustvoll-sinnliche Spiel des »fast«, aber »noch nicht« auszureizen ...« Carmen nahm noch einen Schluck von ihrem Cappuccino.

»Aber natürlich sind auch alle anderen Spielarten möglich. Und dennoch stimmt das Klischee nicht, dass nur eine Frau genau weiß, wo und wie sie eine andere anfassen muss«, fuhr sie fort. »Sexuelle Begabung hat nichts mit dem Geschlecht zu tun. Es kommt einfach nur darauf an, wie sehr man die Person begehrt, wie stark die Anziehungskraft ist. Und wie gut man erotisch zusammenpasst.«

»Und wie lief die Trennung von Ihrem damaligen Freund?«, fragte Simon weiter.

»True to your heart, you must be true to your heart« – eine Zeile aus einem Stevie-Wonder-Song. Den habe ich in der Trennungsphase oft gehört und mich daran gehalten«, antwortete Carmen. »Ich habe mich ja nicht nur von meinem damaligen Freund, sondern auch von der Heterosexualität verabschiedet. Der Song ist ein total geiler, funkiger, schwarzer Tanz-Song und hat mich immer wieder an das erinnert, was ich will, und mir die Kraft gegeben, ehrlich zu mir selbst zu sein. Es passiert doch immer wieder, dass man in bestimmten Lebensphasen einen Song rauf und runter hört. Abgesehen davon macht der Song einfach tierisch Spaß«, brach es aus ihr heraus. »Und darum geht es doch auch im Leben: um Spaß!«

Regina lachte und küsste sie auf die Wange. Übermütig begannen die beiden zu singen. Man sah ihnen an, dass sie diesen Song nicht zum ersten Mal gemeinsam zum Besten gaben.

Komisch, auch diese beiden haben ein Lied, dachte Susan. Das scheint ja wohl irgendwie dazuzugehören. Was ich wohl mit Simon für eins haben werde? Der Gedanke war ihr einfach so ins Hirn gerutscht, und erschrocken schlug sie sich im Geiste dafür auf die Finger.

Aber hatte ich denn mit jedem Mann einen Song?, überlegte sie weiter. Oder mit keinem? Musik hatte sie immer berührt, fast wie eine Droge, die ihre Stimmung noch intensivierte, wie ein Glas Champagner.

Songs konnten sie traurig machen und euphorisieren – aber ein Song als quasi imaginärer Ehering? Nein, das hatte sie noch nie …

»Wie haben Sie die Anfangsphase empfunden?«, fragte Simon nun Regina.

»Nach der Nacht mit Carmen war ich im totalen emotionalen Ausnahmezustand«, erzählte Regina. »Ohne Navigationsgerät schritt ich durch unbekannte Gebiete meiner Seele. Streits, Schwankungen, Zweifel, Heul-Attacken im Wechsel mit völliger Euphorie. Mein Vertrauen zu ihr wuchs immer weiter, und ich spürte eine nie gekannte Geborgenheit. Liebe will riskiert werden – mit Mut hatte es wirklich viel zu tun. Ich musste so viele Ängste überwinden, mich öffnen und darauf einlassen. Ich wusste, dass ich da jetzt durchmusste. Dass *wir* da durchmussten. Und dabei war das ja noch nicht mal meine erste lesbische Beziehung, wie bei Carmen!«

»Im Grunde geht es uns hier aber gar nicht um Regina und mich«, erklärte Carmen. »Sondern vielmehr darum, dass Liebe magisch und unerklärlich ist. Wie ein Komet kommt sie einem von irgendwoher ins Herz gerauscht. Wann, wo und wie das passiert, liegt nicht in unseren Händen. Warum genau liebst du mich?, will Regina manchmal von mir wissen. Und dann versuche ich zu erklären, was nicht zu erklären ist. Denn eigentlich weiß ich es nicht. Es ist einfach so.«

Für ein paar Sekunden herrschte Stille am Tisch.

»Mit unserem Outing wollen wir Mut machen«, unterbrach Regina das Schweigen. »Es ist nie zu spät, das Ruder rumzureißen und etwas ganz anderes auszuprobieren. Deshalb sprechen wir so offen, denn eine große Liebe drängt nach außen. Plötzlich gibt es etwas Wunderschönes, das man gerne teilen möchte. Das hat mir wohl meine Großmutter mitgegeben. In ihrem Herzen trug sie dieses Gefühl noch über vierzig Jahre lang weiter. Ihr über alles geliebter Mann war kurz nach dem Krieg bei einem Unfall ums Leben gekommen. Die Wärme dieser echten Liebe in ihrem Herzen hat sie noch fünfundvierzig Jahre durchs Leben getragen und sie ihre vier Kinder alleine großziehen lassen …«

Und schon wieder war es still. Bis Simon auch bei diesem Paar das Glas hob. Zu viert stießen sie auf die Liebe an.

Kurz darauf standen Carmen und Regina auf und machten sich auf den Weg. Herzlich verabschiedeten sie sich von den beiden.

Simon, Susan und die Rotweinflasche blieben allein zurück am Tisch – zum ersten Mal an diesem Tag.

»Ich würde so gerne mit dir schlafen«, sagte Simon unvermittelt.

Susan antwortete nicht.

»Hast du meine Bitte nicht gehört? Du lächelst ja noch nicht mal?«

»Weil es mir genauso geht, Simon«, antwortete Susan. »Und ich weiß nicht, ob das gut ist. Ich weiß nicht, ob es mir guttut, wenn wir die Nacht heute miteinander verbringen. Ich weiß es einfach nicht …«

Etwas hilflos machte sich Susan ein paar Notizen. Sie saßen sich eine Weile schweigend gegenüber.

Sandro tauchte am Tisch auf und fragte, ob sie ein Dessert wünschten. Beide schüttelten nur den Kopf.

»Was macht ihr hier eigentlich noch? Immer nur

über Liebe reden? In Italien, wir gehen zusammen nach Hause und machen die Fensterläden zu!« Sandro gestikulierte wild.

»Und in Deutschland, wir gehen ins Hotel«, sagte Simon grinsend.

»Na dann, nur Mut!« Susan schmunzelte.

Eine halbe Stunde später saßen sie im Taxi und fuhren durch Hamburgs Abend: Der unvermeidliche Regen, die unvermeidlichen Scheibenwischer, die unvermeidliche Sprachlosigkeit. Zwei Menschen nebeneinander, die sich einander nah fühlten und diese Nähe nicht zu artikulieren wussten. Susan summte leise vor sich hin – *Domenica*? Simon bereute schon fast, den Wunsch geäußert zu haben, mit Susan schlafen zu wollen. Mit leiser Stimme sagte er (damit der Taxifahrer es nicht hören konnte, obwohl Taxifahrer umso besser zuhören, je leiser man spricht): »Ich wünschte, ich hätte es nie gesagt!«

»Dass du mit mir schlafen willst?«

»Ja, genau!«

»Warum?«

»Weil ich Angst habe, dass ich dieselbe klägliche Rolle spielen werde wie Robert de Niro in meinem Lieblingsfilm *Falling in love*!«

»Aha, und welche war das?«

»Er verliebt sich in Meryl Streep, die beiden verbringen eine Nacht miteinander, und er kann ihre sexuellen Erwartungen nicht erfüllen.«

»Bist du sicher, dass Meryl Streep Erwartungen hatte?«

»Keine Ahnung!«

Simon schöpfte Hoffnung und sagte: »Vielleicht gehen wir einfach an die Bar deines Hotels! Oder wir gucken, ob die Minibar in deinem Zimmer eine Maxibar ist. Aber ich bin auf einmal nicht mehr sicher, ob es eine gute Idee ist, schon heute Nacht miteinander zu schlafen!«

»Ich denke die ganze Zeit darüber nach und glaube, es ist eine ausgezeichnete Idee!«, sagte Susan mit Überzeugung. »Vielleicht sollte eine Frau gerade dann mit einem Mann ins Bett gehen, wenn das Selbstvertrauen auf der anderen Seite nicht so groß ist!«

Simon blickte resigniert und besorgt durch die regennassen Scheiben hinaus in die Welt. Sie betraten das Hotel, und er machte einen letzten Versuch, den Weg in die Bar zu lenken.

Aber Susan spürte Simons Unbehagen: »Ich weiß, du hast Angst, aber ich möchte heute Abend Nähe. Ich wünsche mir gar nichts anderes als nur Wärme!« Schließlich sollen beide das erste Mal genießen, dachte Susan. Wenn Simon allzu unsicher war, konnte es nur dazu führen, dass es misslang. Und dann wäre der ganze Zauber verschwunden.

Daraufhin meinte Simon ein wenig erleichtert: »Ja, ich glaube, das kann ich durchaus bieten. Wenn es nur Wärme ist. Mit der Hitze würde es schwieriger werden …«

Sie fuhren mit dem Fahrstuhl nach oben. Statt einer Antwort zog Susan ihn eng an sich, küsste ihn vorsichtig auf die Lippen und legte dann ihren Kopf an seine Schulter. Diese Fahrstuhlfahrt hätte Stunden dauern können, dachte Simon, aber die zweite Etage war schnell erreicht, und er fühlte sich wie ein Fünfzehnjähriger, der zum ersten Mal einer Frau eine Nacht versprochen hatte, aber genau wusste, dass seine Erfahrungen auf diesem Gebiet noch deutlich zu wünschen übrig ließen. Dass noch viel Luft nach oben und bei weitem nicht die Performance zu erwarten war, die er großspurig angekündigt hatte. Genauso erging es ihm heute – vierzig Jahre später – wieder.

Sie betraten das Zimmer, es war schön, groß, geräumig, ja elegant. Das Zimmer eines gehobenen Hotels, in dem man die Welt draußen lässt, wenn man die Tür hinter sich geschlossen hat.

Sie ließen sich sofort aufs Bett sinken. Simon versuchte noch, ein bisschen Leidenschaft in den Kuss zu mengen, aber er gab bald auf, denn Susan sagte: »Ehrlich gesagt bin ich ziemlich müde, weißt du? Und es tut mir gut, wenn du einfach da bist und neben mir liegst. Für heute soll nicht mehr passieren. Ich möchte dich einfach nur neben mir spüren.« Mit diesen Worten schlief sie ein.

Simon lag noch eine Weile neben ihr wach, es war ja noch relativ früh am Abend. Er beobachtete sie und spürte, wie sehr er sich zu dieser Frau hingezogen fühlte. Er merkte aber auch, dass er von seinem traditionellen Männerbild Abschied nehmen musste. Diese Frau war nicht mit Macho-Gehabe zu beeindrucken, was ihm ohnehin nicht lag. Er konnte ihr vielleicht Wärme schenken, aber er musste auch jederzeit damit rechnen, dass sie sich so an ihr Alleinsein gewöhnt hatte, dass sie es für nichts und niemanden jemals wieder aufgeben wollte. Das war ihm klar, und gleichzeitig spürte er aber auch, dass, wenn diese Frau wieder ihrer Wege zöge, vielleicht sogar zurück nach Zürich ginge, er alle Hebel in Bewegung setzen würde, um sie davon zu überzeugen, dass seine Liebe ihr ein Hafen sein könnte, eine Heimat, ein Zuhause.

Simon starrte an die Decke und traute sich nicht, sich zu bewegen, um Susan, die mittlerweile ihren Kopf in seine Achselhöhle geschmiegt hatte, nicht zu wecken.

Mitten in der Nacht wachte er auf. Geräusche aus dem Bad machten ihn stutzig; das Bett neben ihm war leer. Er schaute auf die Uhr, 2.30 Uhr morgens. Susan duschte.

Simon klopfte sehr diskret an die Badezimmertür und fragte: »Darf ich reinkommen?«

»Nein, du bleibst draußen! Ich bin gleich fertig«, rief sie unter dem brausenden Wasser hervor. Nach einer Weile trat sie zu seiner Überraschung vollständig bekleidet zurück ins Zimmer.

»Was hast du vor?«, fragte Simon.

»Ich mache einen Spaziergang«, antwortete sie.

»Das trifft sich gut, laufen mochte ich schon immer! Nur wenn ich zu Fuß gehe, kann ich in Ruhe nachdenken und mit mir in Kontakt kommen. Ich laufe schon mein ganzes Leben – vielleicht auch vor irgendetwas weg – oder zu irgendetwas hin. Ich habe schon halb Deutschland zu Fuß durchquert …«

Aus Nervosität und Erleichterung lief er Gefahr zu monologisieren und Susan seine Begleitung aufzuzwingen, obwohl sie das vielleicht gar nicht wollte, und er sprach immer schneller. Aber Susan gab ihm einen Kuss, brachte ihn so zum Schweigen und sagte: »Komm, wir gehen runter und laufen durch die Hamburger Nacht!«

Als sie an die frische Luft hinaustraten, verstummten sie. Sie hielten sich fest an der Hand, manchmal umarmten sie sich auch. Aber es war die Umarmung zweier Hilfesuchender, die sich nach Halt sehnten, ohne Leidenschaft oder Wollust. Irgendwann, in der Nähe des Hafens angekommen, blieben sie einfach stehen, guckten auf das Wasser, auf die Schiffe, die auch nachts beladen wurden. Das Ballett der Kräne faszinierte sie beide, einer geheimen Choreografie folgend bewegten sie sich lautlos, eingetaucht in Flutlicht, entlang der Schiffe. Es roch nach Salz und Maschinenöl. Es war wie ein Schauspiel, das nur für sie beide inszeniert wurde. Sie konnten ihr Glück nicht fassen, von dem sie noch nicht wussten, ob es ein Abenteuer war oder eine Fügung des Schicksals, dem sie beide doch eigentlich zu entrinnen versucht hatten.

»Vielleicht wird Hamburg eines Tages unsere Stadt?«, flüsterte Simon leise.

Am nächsten Mittag hatten sie den dritten »Paar«-Termin im Bruschetta. Sie waren beide übernächtigt. Nach dem Spaziergang waren sie zurück ins Hotel gegangen und hatten noch lange geredet. Welches Thema sie auch anschnitten – es brachte sie einander näher und entband sie der lästigen Pflicht, die eigene Biographie einmal mehr lustlos herunterzubeten, ein Umstand, den sie beide freudig, aber kommentarlos bemerkten. Irgendwann ließen sie alle Worte sein und schmiegten sich nur noch aneinander. Sie hatten nicht miteinander geschlafen, aber ans Einschlafen war auch nicht zu denken gewesen. Viel zu viel war passiert in dieser Nacht. Sie waren sich auf eine Weise nähergekommen, die für sie beide vollkommen neu war.

Die Verantwortung für dieses fast überwältigende Gefühl war schon beinah eine übergroße Last, aber dass dieses Gefühl da war, war eine Gewissheit, ohne sie formulieren zu können.

Heute würden sie Fabienne, eine 75-jährige, aus Paris stammende Journalistin, und Sebastian, einen 70-jährigen Orchestermusiker, kennenlernen. Es war das älteste Paar der Recherche, und auch das, das schon am längsten zusammen war.

Fabienne, eine reife Dame, die ein wenig an die späte Edith Piaf erinnerte, betrat das Restaurant, rührend gestützt von Sebastian, der sehr sorgsam darauf achtete, dass sie bei den Stufen nicht stolperte, und sie dann galant zum Tisch geleitete.

Susan, Simon, Sebastian und Fabienne stellten sich einander vor, und gleich zu Beginn betonte das alte Paar, wie froh sie seien, nach ihrer Liebe gefragt zu werden.

»Als wir uns vor zwanzig Jahren trafen, war ich fünfundfünfzig«, begann Fabienne. »Wir wussten beide sofort, dass eine wunderbare Zeit vor uns liegen würde. Und deshalb haben wir diese Zeit von Anfang an als Geschenk betrachtet. Denn es war nicht so einfach damals: Sebastian ist fünf Jahre jünger als ich, war also damals fünfzig. Unsere Kinder waren alle gegen diese Verbindung, aber wir wussten, wir mussten dieses Gefühl ausleben, sonst würden wir uns noch auf dem Sterbebett Vorwürfe machen. Und nun liegt das Sterbebett schon vor uns. Beide haben wir schon ein paar Mal draufgelegen, und ich bin mir sicher, hätten wir unsere Liebe nicht, wäre einer von uns schon längst in den Hades übergesiedelt.«

Mit warmem Blick sah Fabienne Sebastian an, der

das Gespräch fortführte: »Fabienne spricht, glaube ich, von ihrer schweren Krebserkrankung und der gefährlichen Operation. Das hat uns ganz schön erschüttert, und ich wusste mir nicht anders zu helfen, als in dieser Zeit Tag und Nacht an ihrem Bett zu sitzen und ihr immer wieder ins Ohr zu flüstern: ›Du darfst nicht sterben! Du musst leben – leben für uns!‹ Später hat sie mir gesagt, dass sie mich gehört hat. Von ganz weit weg hat sie meine Stimme vernommen.«

Simon unterbrach vorsichtig: »Wie haben Sie sich denn kennengelernt?«

»Sie werden es kaum glauben«, sagte Fabienne. »Es klingt so abwegig wie ein drittklassiger Roman: Ich lebte in Straßburg und war verheiratet. Nicht sehr glücklich, aber auch nicht so unglücklich, dass ich mich aus eigener Kraft hätte trennen können. Ich war damals kurzzeitig in eine kleine Geldnot geraten und deshalb zu einem Uhrenladen meines Vertrauens gegangen. Der Inhaber war ein verschwiegener Mann, der Uhren in Kommission nahm und einen anständigen Preis dafür auszahlte. Um meine Finanzen aufzubessern, fasste ich mir ein Herz und versetzte eine alte Uhr, an der ich nicht sonderlich hing. Es war zwei Monate vor Weihnachten, und die 2500 Francs konnte ich gut gebrauchen.

Ich öffnete die Tür des kleinen Ladens in der Straßburger Altstadt und war erleichtert, allein im Geschäft zu sein. Ich war in Straßburg nicht ganz unbekannt, und das Veräußern von Familienschmuck lässt ja doch ziemlich kompromittierende Rückschlüsse auf die eigene finanzielle Lage zu. Da ich mich telefonisch angekündigt hatte, wurde ich vom Inhaber, Monsieur Weiß, sehr herzlich mit einer Tasse Espresso empfangen.

Er begutachtete die Uhr sorgfältig und sagte schließlich: »Ich muss noch einmal kurz nach hinten gehen, um ein Detail zu überprüfen. Machen Sie es sich doch bequem! Sie können gerne einen zweiten Espresso bekommen – oder haben Sie vielleicht noch eine Besorgung zu erledigen?«

Fabienne legte eine kurze Pause ein, um sich zu räuspern und Luft zu holen.

»Ich winkte ab, denn draußen war das Wetter scheußlich, und ich genoss die Stille in Monsieur Weißens Laden. Doch die wurde jäh unterbrochen: Kaum war Monsieur Weiß hinter seinem Vorhang verschwunden, öffnete sich mit lautem Klingeln die Tür. Ein dick verpackter Herr betrat den Raum, der Kühle des späten Nachmittags angemessen. Er hatte eine Pudelmütze auf und war wohl verschnupft, denn er war bis zur Nasenspitze in einen Schal gewickelt. Einen Augenblick lang fürchtete ich, er wolle den armen Monsieur Weiß überfallen. Der vermummte Mann bemerkte meinen erschreckten Blick und bemühte sich, schnell abzulegen. Offenbar war ihm klar, dass sein Aufzug in einem Juweliergeschäft durchaus Anlass zu Missverständnissen geben könnte. »Guten Tag, die Dame. Keine Sorge, ich lege keinen Wert darauf, als Dieb missverstanden zu werden«, sagte er, während er sich aus Schal und Mantel schälte. Aber ein Dieb war er doch. Mit dem Betreten des Geschäftes hatte er mein Herz gestohlen! Und glauben Sie mir, Simon, das war mir noch nie passiert. Es passte überhaupt nicht zu mir. Ich war wirklich nicht leicht entflammbar, aber diese Begegnung traf mich wie ein Blitzschlag!«

Weich und warm lächelte Fabienne Sebastian an, und er lächelte in dieser schönen Erinnerung versunken ebenfalls und legte zärtlich seine Hand auf ihre.

»›Gnädige Frau, sind Sie ganz alleine hier?‹, fragte mich der entblätterte Mann.

›Nein, Monsieur Weiß ist gerade hinten. Ich bin hier, weil ich ihm meine Uhr verkaufen möchte‹, antwortete ich.

›Nein, Sie verkaufen nicht Ihre Uhr, Sie verkaufen Ihre Zeit‹, sagte er.

Ich guckte ihn verblüfft an und fragte ihn, was er damit meine.

›Sie sehen traurig aus‹, sagte er. ›Vermutlich sind Sie hier, weil Sie sich von Dingen befreien wollen – sei es aus wirtschaftlichen Gründen oder aber, weil Sie zu Ihrer Familie keine sonderlich gute Beziehung haben. Aber eine alte Uhr darf man doch nicht einfach verkaufen!‹, sagte er ein wenig stürmisch.

In diesem Moment kam Monsieur Weiß zurück. Anscheinend hatte er das Gespräch mit angehört, denn er meinte belustigt: ›Junger Mann, Sie machen mir gerade ein Geschäft kaputt!‹

›Oh‹, entgegnete dieser, ›das war natürlich nicht meine Absicht! Ich habe Madame nur versucht zu sagen, dass das Veräußern einer Uhr eine große Symbolkraft hat. Man verkauft doch auch nicht seine Zeit!‹

›Soll ich Ihnen auch einen Espresso machen?‹, versuchte Monsieur Weiß das Thema zu wechseln, vielleicht weil er tatsächlich befürchtete, dass dieser recht willensstarke Mann das Geschäft verhindern würde. ›Nehmen Sie doch beide Platz‹, forderte er uns auf.

Wir taten wie befohlen und setzten uns auf die wackeligen kleinen Stühle, die eindeutig nicht dafür gemacht waren, länger zu bleiben. Doch heute war das ganz anders. Nach zwei Stunden spürte ich meinen Rücken immer noch nicht und fand unser Plätzchen ganz wunderbar. Denn Sebastian und ich waren ins Reden gekommen, gar nicht mehr über meine Uhr oder die Zeit, sondern über Gott und die Welt. Nachdem wir uns eine Weile unterhalten hatten – mehr als eine Stunde konnte es nicht sein –, hatte uns Monsieur Weiß angeboten: ›Ich habe hinten noch zu tun. Ich muss noch die eine oder andere Uhr – die Zeit sozusagen – reparieren. Wenn es Ihnen nichts ausmacht, schließe ich ab.‹ Es war mittlerweile halb sieben, und ich war seit vier da. ›Ich versorge Sie mit Espresso, und wenn Ihnen die Zeit gekommen scheint, habe ich hinten‹, er zwinkerte uns zu ›noch eine kleine Flasche Gewürztraminer, gut gekühlt. Den würde ich durchaus springen lassen, wenn Sie mir ein Glas davon reservieren.‹

Monsieur Weiß war ein wunderbarer Mann Anfang siebzig. Mit seiner Drahtbrille sah er aus wie eine Mischung aus John Lennon und Louis de Funès. Er verschwand wieder hinter seinem Vorhang, und Sebastian erzählte mir von seinem Leben. Und tat das so, als ob er mir sagen wollte, alles habe bislang seinen Sinn gehabt, weil wir uns heute hier treffen.«

Fabienne wandte sich an Simon: »Glauben Sie mir, Simon. So naiv war ich nun auch wieder nicht. Ich war ja kein Backfisch mehr, und an Märchen glaubte ich schon gar nicht. Sebastians Offenbarung war absolut nicht das, was ich während meines Besuches beim Uhrmacher hören wollte.« Und wieder lächelte Fabienne Sebastian an. »Aber wie dem auch sei: Sebastian erzählte mir von seinem Leben als Orchestermusiker. ›Ich bin Cellist, wenn auch kein sonderlich guter. Wäre ich das, dann wäre ich nicht am Stadttheater Straßburg engagiert, sondern irgendwo in Berlin, Wien oder Zürich. Aber nein, ich bin hier am Stadttheater. Doch ich habe mich mit meinem Leben abgefunden. Ich bin ein glücklicher Mensch, ich habe die Kraft entwickelt, allein sein zu können, und sogar Vergnügen daran gefunden.‹«

»Oh«, warf Simon ein, »das kommt mir bekannt vor!«

»Ja, das mag sein«, übernahm jetzt Sebastian die Erzählung. »Aber zugegebenermaßen hatte ich damals doch auch das Gefühl, ich vertreibe mir nur die Zeit. Was für eine furchtbare Formulierung: ›Ich vergeude meine Zeit.‹ Zeit ist kostbarer als alles andere, und ich hatte das Gefühl, ich sei nicht im Stande, verantwortungsbewusst mit ihr umzugehen. Dafür gab es keinen Anlass, keinen Grund. Warum kann ich das nicht sagen und möchte auch gar nicht versuchen, es zu erklären. Ich sah in Fabiennes Augen, die gerade auf Monsieur Weiß wartete, die ihre Uhr, ihre Zeit verkaufen wollte, und sagte: ›Wollen wir nicht etwas Zeit miteinander verbringen? Ein paar Stunden, in denen wir uns austauschen und uns etwas erzählen? Wir könnten doch heute noch ein Glas Wein trinken gehen. Zum Beispiel in der Kantine des Stadttheaters Straßburg, die ist gar nicht so übel. Man ist dort umgeben von angenehmen Leuten, und das Essen ist passabel. Vielleicht folgen Sie mir eher in das Restaurant meines Arbeitsplatzes, als wenn ich Sie jetzt, liebe Fabienne, in ein Restaurant mit schummrigem Licht in der Altstadt entführen würde. Das wäre vielleicht auch ein wenig zu schnell.‹ – ›Zu schnell?‹, hatte Fabienne gefragt. ›Was wäre denn die Alternative?‹

Zwischen uns entspann sich eine lange Diskussion über die Nichtplanbarkeit des Lebens, über das Abenteuerdasein, wenn man alleine ist, und die Möglichkeit, einen Menschen zu sehen und im Bruchteil einer Sekunde zu wissen, dass man diesen Menschen nie wieder verlieren möchte. So unterhielten wir uns im Laden von Monsieur Weiß bis zehn Uhr nachts. Monsieur Weiß gesellte sich später zu uns. Bis heute finde ich den Gedanken schön, dass wir unsere ersten gemeinsamen Stunden an der Seite eines wunderbaren Mannes verbracht haben. Dieser Uhrmachermeister hatte ein fast schon sinnliches Verhältnis zur Zeit, sonst hätte er seinen Beruf gar nicht ausüben können, wie er immer wieder betonte. Und er und sein Laden strahlten eine Ruhe aus, die bis heute nachwirkt. Zum Abschluss sagte Monsieur Weiß zu uns: ›Wissen Sie, ich bin nicht der Gesündeste, und ich darf Ihnen sagen: Was immer Sie tun, wenn Sie aus meinem Geschäft herausspazieren – zusammen oder getrennt –, seien Sie sich sicher, wenn Sie sich Ihrer Zeit nicht bewusst sind, gehen Sie mit sich selbst nachlässig um! Und das soll nicht sein.‹

Mit diesen Worten komplimentierte er uns raus, weil er müde war. Fabienne und ich waren damals beide etwas peinlich berührt gewesen, dass wir den armen Monsieur Weiß so lange in Anspruch genommen hatten.«

»Kaum standen wir draußen in der kalten Nachtluft«, ergriff Fabienne wieder das Wort, »wusste ich, dass ich diesen Mann an meiner Seite haben wollte. Er spürte es auch, legte seinen Arm um mich, und wir gingen einfach die Straße hinunter. Und eigentlich machen wir auch heute nichts anderes: Ich fröstele allein ein wenig, er legt seinen Arm um mich, und wir gehen gemeinsam die Straße hinunter. Viel mehr ist nicht passiert an Äußerlichkeiten. In unserem Inneren dagegen ist in den letzten zwanzig Jahren mehr geschehen als in den ersten fünfzig meines Lebens.«

Ergriffen schweigend nippten Simon, Susan, Fabienne und Sebastian an ihren Getränken. »Wie sah denn Ihr Leben zuvor aus?«, griff Susan das Stichwort auf.

Sebastian erzählte, dass er als kleiner Junge in einem Mietshaus neben einem Ehepaar gewohnt hatte, das sich symbiotisch geliebt hatte, wie er es heute nennen würde. Jeder statistischen Wahrscheinlichkeit zum Trotz verstarb sie zuerst. Er ordnete alles, putzte die Wohnung, beerdigte seine Frau, zog einen guten Anzug an, legte sich aufs Bett und nahm Schlaftabletten, weil er nicht mehr leben wollte. Nahen Verwandten schrieb er einen Brief: »Wenn Ihr dieses Schreiben erhaltet, werde ich gestorben sein.« So konnte er sicher sein, dass er nicht erst nach zwei Wochen gefunden würde und einen unappetitlichen, unerfreulichen Anblick bot. Seine Verwandten hatten einen gepflegten Herrn in Anzug und Krawatte auf dem Bett liegend gefunden, der so friedlich aussah, als schliefe er nur.

Diese Bilder aus seiner Kindheit hatten Sebastian so beeindruckt, dass er beschlossen hatte, genauso zu verfahren, sollte Fabienne vor ihm von dieser Welt gehen.

»Wir sind so froh«, übernahm Fabienne wieder

den Faden, »dass wir Ihnen das alles erzählen dürfen, denn für unsere Liebe hat sich niemand interessiert, ganz im Gegenteil. Ich habe ja bereits erwähnt, dass mein Sohn und meine Tochter dagegen waren. Aber wir wissen, dass unsere Zeit langsam abläuft, und nicht, wie lange uns noch zusammen bleibt. Vielleicht können wir durch dieses Interview dazu beitragen, dass sich viele Menschen zu ihrer Liebe bekennen und keinen Kompromiss mehr leben. ›You have to have the courage to be happy‹, sagen die Amerikaner. Glücklich zu sein verlangt eine gewisse Entschlossenheit und auch die Kraft, andere zu verletzen, weil man sie eventuell verlassen muss. Glücklich sein ist das Bekenntnis zu sich selbst. Es gibt keine Ausreden mehr. Man kann keine Umstände dafür verantwortlich machen, dass man in einem Kompromiss lebt. Man muss es den Kindern erzählen, den Verwandten und sich vor allem immer wieder austauschen.«

Fabienne hatte sich warm geredet. »Ich würde den Menschen so gerne so viel sagen, auch wenn es wie eine Kalenderweisheit klingt: Lebt euer Leben und findet den, den ihr finden wollt! Und wenn ihr ihn gefunden habt, dann seid so glücklich und mutig, dass ihr diese Liebe auch lebt! Aber vergesst nicht, dass wir alle an einen Punkt kommen, der uns den Boden unter den Füßen wegzieht. Auch mit Neid und Missgunst muss man sich auseinandersetzen, denn manche sind nicht großmütig genug, einem die große

Liebe zu gönnen. Und wenn der Partner dann geht, der nicht nur viel, sondern buchstäblich alles von einem wusste, dann stirbt man im Grunde selbst auch ein wenig. Das Schicksal ist vorbei, das Leben geht noch eine Weile weiter. Man kann noch die Dinge ordnen, man kann Reisen unternehmen, aber im Grunde ist die ›reguläre Spielzeit‹, wie mein Sohn sagen würde, abgelaufen. So sehe ich es zumindest. Sebastian und ich befinden uns schon in der Nachspielzeit. Der Schiedsrichter, der ›liebe Gott‹, guckt schon auf die Uhr, und wir wissen, der Abpfiff naht. Dieser Vergleich mag ein bisschen trivial sein, aber ich kann gerade nicht anders.« Sie räusperte sich kurz und blickte ihre Gesprächspartner an.

»Sebastian und ich sind einfach glücklich, dass unsere Liebe – und sei es nur in einem Magazinbeitrag – weiterlebt und vielleicht andere daran erinnert, dass der einzige Grund, warum wir auf Erden sind, der ist, die große Liebe zu finden und sich zu ihr zu bekennen, wenn wir sie endlich in den Armen halten. Wir sollten uns nicht die Zeit vertreiben, wir möchten die Zeit festhalten.«

Fabienne wirkte erschöpft, Sebastian hatte ihr nickend zugehört. Die beiden hatten während des gesamten Gespräches nichts zu essen angerührt. Sie sahen einander an.

Sandro stand in respektvoller Distanz, suchte den Augenkontakt der beiden und hoffte, dass einer von ihnen sich an ihn wenden würde, um etwas zu bestellen. Er merkte, dass die Aura dieses Paares so beeindruckend und zerbrechlich zugleich war, dass sich eine Störung oder Unterbrechung, und sei es auch nur, um nach einer Bestellung zu fragen, nicht geziemte.

Fabienne und Sebastian sahen sich an wie zwei Menschen, die wissen, dass alles gesagt ist und sie deshalb jetzt aufstehen und gehen können. Sie gaben Susan und Simon zum Abschied die Hand: »Wir werden uns nicht wiedersehen. Sie müssen uns die Zitate auch nicht schicken. Das ist alles in Ordnung, wir werden uns das Magazin am Kiosk kaufen. Wenn Sie mich nur wissen lassen, wann die Geschichte erscheint. Wir sind sehr glücklich, dass wir sie erzählen konnten.«

»Ich bin verheiratet worden.« Der Mann, der Susan und Simon gegenübersaß, war fünfzig – sagte er. Er stammte aus Ägypten, war seit seiner Kindheit in Hamburg und arbeitete als Kinderarzt. Das Bruschetta hatte er zögerlich betreten. Italienische Restaurants seien nicht seine Sache, begann er, und erzählte dann, er trinke keinen Alkohol und hätte keine Lust mehr, dies dauernd begründen und erklären zu müssen – aber gut. Er war ein zierlicher, gut aussehender Mann, der sich als Abdul vorstellte. Dies sei nicht sein richtiger Name und er wolle später im Heft nicht zu identifizieren sein. Susans Freundin Anne kannte ihn und seine Frau und hatte die beiden überzeugt, bei dem Artikel mitzumachen, weil ihr ein Gegenpol wichtig war. Seine Erklärung, warum er sich überhaupt hier eingefunden hatte, klang plausibel: Er wolle der romantischen Vorstellung der Liebe entgegentreten.

Er sei bestürzt, wie in Deutschland, wo er sich zuhause und wohl fühlt, die Liebe als Hollywood-Schnulze missverstanden würde. Wie solle man denn in jungen Jahren wissen, wer man ist, wer die Richtige ist, was man braucht, was einem guttut? Man kenne sich doch selbst kaum! Insofern sei es für ihn ganz selbstverständlich gewesen, dass seine Eltern, als er noch ein kleiner Junge von vielleicht zwölf Jahren war, mit den Eltern von Fatimah im Gespräch waren. Fatimah war zwei Jahre jünger als er und Tochter einer Familie, die aus Kairo stammte und schon in der zweiten Generation in Hamburg lebte.

Sandro brachte den schon seit zwanzig Minuten bestellten Kamillentee. Offenbar hatte er die Teebeutel nicht finden können. Etwas unbeholfen stellte er das Getränk auf den Tisch.

Abdul fuhr fort. Seine Frau käme gleich, sie sei noch beschäftigt. Der Teppich-Import ihrer Eltern sei nun fast gänzlich in ihrer Verantwortung. Sie betreibe das Unternehmen mit einem persischen Partner. Die beiden Familien seien seit vier Jahrzehnten befreundet. Abdul war stolz und verbarg das nicht. Zum einen auf seine Frau, die ihrem Beruf offensichtlich mit Erfolg nachging, zum anderen auf die Familiendynastie, die er der europäischen Egozentrik entgegenstellte.

Das waren seine Worte, nicht trotzig, eher voller Mitgefühl. So als ob den Europäern, besonders den Deutschen, etwas fehlte, das ihm unverzichtbar war: familiärer Zusammenhalt. Er habe seinen Eltern, Fatimahs Brüdern, ihren Eltern und Fatimah (die Reihenfolge seiner Aufzählung verriet einiges) ein Versprechen gegeben. Diese Ehe sei ein Vertrag, eine belastbare Verabredung. »Nennen Sie es meinetwegen Liebe«, sagte er. »Ich nenne es Ehe.« Seine Frau könne auf ihn bauen und sich auf ihn verlassen.

Wie aufs Stichwort betrat sie das Restaurant. Eine Geschäftsfrau, eine sinnlich ergraute, selbstsichere Schönheit in den Fünfzigern, die sich ihrer Wirkung bewusst war, aber nicht damit spielte. Abdul erhob sich ein wenig, sie tauschten einen liebevollen Blick aus.

Nachdem sie uns begrüßt hatte, übernahm sie das Gespräch. »Ich habe das Magazin durchgeblättert, für das dieses Interview gedacht ist, und bin erleichtert. Das Frauenbild darin ist gut. Dieses ewige ›wie kann ich ihm gefallen‹ bedienen Sie nicht. Das ist befreiend.«

»Befreiend« sagte sie, fiel Susan auf.

»Ich habe das Gefühl, dass die Frauen in Deutschland ihre Freiheit missverstehen. Oft sind sie nur gefallsüchtig.«

Susan war fasziniert. Fatimah, die ihr grundsätzlich sympathisch war, wirkte wie eine Burg in ihrer Überzeugung, ja selbst in ihrer Körperhaltung. Ob sie je Zweifel hatte? Ob sie je die Nacht mit einem anderen Mann verbringen wollte? Als erriete sie ihre Gedanken, erwähnte Fatimah als Nächstes, dass sie Gottfried Benn sehr schätzte, und erzählte, dass Benn von seiner etwas älteren Geliebten Else Lasker-Schüler wohl einmal gehört habe, er solle ihr in seinem Interesse aus Geschmacksgründen treu bleiben. »Benn bedurfte dieser Ermahnung«, sagte sie lächelnd. »Abdul nicht. Es ist eine Frage des Geschmacks und der Kultur. Des inneren Kompasses. Ich überfalle ja auch keine Bank.«

Abdul schmunzelte. »Ich würde sogar eher eine Bank überfallen, bevor ich dich betrüge.«

Die beiden teilen auch noch denselben Humor, dachte Susan.

Fatimah war der Meinung, dass das, was in Deutschland zwischen Mann und Frau passiert, nichts anderes als Hysterie ist. »Die Magazine und Filme beuten nur für den Kommerz den Zauber zwischen Mann und Frau aus, so lang bis dieser Zauber verschwunden ist. Es ist doch kein Zufall dass sich diese ganzen Sendungen und Artikel an junge Menschen wenden, die nach Identität suchen.«

Abdul ergänzte: »Als Kinderarzt treffe ich viele junge Patienten, deren Kindheit vor dem Fernseher viel zu früh ein Ende findet. Wir schaffen die Kindheit ab. Alle wollen schnell erwachsen werden, um dann ewig jung zu bleiben. Diese Weltsicht ist genauso fehlgeleitet wie das Bild von Romantik, das dort vermittelt wird.«

»Wissen Sie, unsere Romantik ist eine andere. Ich atme mit diesem Mann seit dreißig Jahren«, ergriff Fatimah wieder das Wort. »Ich würde mich für ihn in Stücke reißen lassen, und ich gehe mit ihm jeden Weg, wohin er auch führt. Solang er mich beschützt.«

»Beschützt?«, fragte Susan verblüfft nach. Diese Frau wirkte nicht im Geringsten schutzbedürftig.

»Ja! So wie ich ihn.«

»Hatten Sie nie einen anderen Mann im Sinn?«, wollte Susan etwas ratlos wissen.

»Abdul ist der einzige Mann, der mir jemals nah gekommen ist. Außerdem habe ich nicht nur einen Mann geheiratet. Ich habe eine Familie geheiratet. Und er hat meine Familie geheiratet. Das könnt ihr Europäer nicht nachempfinden.«

»Es gibt nie Streit«, fügte Abdul hinzu.

Wie langweilig, durchfährt es Susan.

Abdul ahnte wohl Susans Zweifel und korrigierte: »Wir sind schon in diesen Strukturen aufgewachsen. Meine Frau hat zuhause das Sagen und in ihrer Firma ohnedies. Aber wenn wir unterwegs sind und den Blicken und Beobachtungen anderer ausgesetzt sind, dann wird sie mir immer das Gefühl geben, dass ich, Abdul, die Geschicke der Familie leite. Zum anderen würden wir uns nie und nimmer öffentlich auch nur andeutungsweise kritisieren oder gar Meinungsverschiedenheiten austragen. Das verbietet unsere Kultur, und das verbietet auch die Liebe, die wir füreinander empfinden, und unser gegenseitiger Respekt.«

Simon hatte bisher schweigend zugehört. Er dachte an seine Ehe, die ihm entglitten war, und die Familie, die er dadurch verloren hatte. Simon war bewusst, dass er Familie nicht mehr erleben würde.

Fehlten die Werte, von denen Abdul sprach, tatsächlich? Darf die Individualität alles? Hatte hier das System Familie seine Schutzfunktion verloren?

Würde er je schwer erkranken, würde ihn überhaupt jemand aus seiner Familie besuchen? Oder würden diese Besucher fürchten, jemanden am Krankenbett anzutreffen, mit dem sie zerstritten waren? Und würde sie das von einem Besuch abhalten? Vielleicht stürbe er allein. Das wäre dann das konsequente Ende eines auf sich selbst zurückgeworfenen Lebens.

»... ich empfinde mich im Dienste der Familie ...« Trotzdem schreckten ihn diese Worte Abduls auf. Um Gottes willen – nur das nicht!, durchfuhr es ihn. Sosehr er die Familie auch vermisste, so wenig war er daran interessiert, in einen Familienverbund eingesperrt zu sein. Simon erhob sich und zog sich unauffällig zurück. Man hätte annehmen können, er suchte die Toilette auf. Aber stattdessen ging er an den Waschräumen vorbei und trat in den kleinen Hinterhof. Stammgäste, die diesen Küchenausgang kannten, zogen sich hier manchmal auf eine Zigarette zurück. Simon schaute in den Himmel und bedauerte, das Rauchen aufgegeben zu haben. Jetzt würde es zu seiner Stimmung passen. Jallo, Sandros Spüler aus Ghana, betrat ebenfalls den kleinen Hof. Schweigend standen die Männer nebeneinander.

»Wie ist das eigentlich bei euch, wer sucht bei euch in Ghana den Ehepartner aus? Die Eltern, oder macht ihr das selbst?«

»Eltern«, erwiderte Jallo einsilbig. »Wenn was schiefläuft, war man es wenigstens nicht selbst.«

Simon schaute ihn ungläubig staunend an.

»Das versteht ihr nicht«, tröstete Jallo ihn. »Ich habe eine deutsche Freundin gehabt. Ging nicht lange gut. Sie verwechselte dauernd Leidenschaft und Romantik mit lebenslanger Liebe. Das sind aber verschiedene Planeten.« Damit war das Thema beendet. »Ich muss arbeiten«, sagte er und kehrte in die Küche zurück.

Im Restaurant hörte Susan dem Paar weiter zu, schrieb mit und kämpfte heimlich mit den Tränen. Simons kurzfristige Abwesenheit brachte ihre Selbstbeherrschung ins Wanken. Sie war sicherer denn je, dass sie für die Liebe gänzlich ungeeignet war, weder für die leidenschaftliche noch für die romantische, geschweige denn für die heilige. All diese Lebensberichte führten ihr vor Augen, wie viel Angst sie vor dieser Art von Nähe hatte, die sie trotz allem auch vermisste. … Abdul und Fatimah bemerkten ihre Verletzlichkeit, interpretierten sie aber falsch. Sie machten das Verkehrteste, was man in einem solchen Moment tun kann: Sie trösteten sie. »… Auch für Sie wird noch der Richtige kommen … Sie werden sicher noch das Glück finden …« und so weiter. Umso erleichterter war Susan, als Simon von seiner Zigarettenpause zurückkam. Er redete nicht lange um den heißen Brei herum. Er war der Meinung, dass Liebe immer bedingungslos ist, eine Lebens-

Entscheidung. Dass Liebe, versteht man sie richtig, radikal ist … dass sich Lebenswege und damit Schicksale verknoten. Dass es kein Entrinnen gibt, keine Alternative, dass jeder Mensch wahrscheinlich nur einmal in seinem Leben richtig liebt … So sprudelte es aus ihm heraus.

Dieser Ausbruch Simons überzeugte Abdul mehr denn je davon, dass ihre unterschiedliche Sicht auf das Leben und die Liebe in keine Übereinstimmung zu bringen war. Als redeten sie aneinander vorbei. Abdul wollte aufbrechen, er hatte genug erzählt, vor allem aber genug gehört: »Die Liebe, wie ich sie empfinde, ist eine selbst und freiwillig gewählte Gefangenschaft des Herzens.«

»Gefangenschaft des Herzens …«, murmelte Fatimah lächelnd, »das werden Sie nicht verstehen. Gehen wir.«

Susan brachte die beiden noch zur Tür. Als sie blass zurückkam, wirkte Simon zum ersten Mal in ihrer kurzen Bekanntschaft ratlos: Ist Liebe denn immer das saturierte Gefühl des Angekommenseins? Kann es denn nicht auch Aufbruch sein? Er war müde und verzweifelt.

❧

Sehr zu Simons Überraschung bestellte Susan zwei Gläser Vecchia und sagte, kaum dass Sandro entschwunden war: »Ich reise morgen ab, Simon! Ich schreibe die Porträts von Zürich aus zu Ende. Mir ist das alles zu viel, ich möchte hier nicht bleiben.«

Simon wollte widersprechen, aber sie unterbrach ihn, bevor er den Mund aufmachen konnte. »Ich möchte das nicht! Ich habe einmal geliebt in meinem Leben und bin bitter enttäuscht worden – das will ich auf keinen Fall noch einmal! Ich möchte morgens alleine aufwachen, zumindest meistens. Ich möchte niemandem Rechenschaft ablegen müssen, wenn ich verreise. Ich komme mit mir allein ganz gut zurecht und liebe es, nicht verletzbar zu sein. Wenn ich mich nicht öffne, bin ich auch nicht verletzbar. Aber mit dir, Simon, würde sich das jetzt ändern! Genau jetzt ist die letzte Chance, umzudrehen und kehrtzumachen. Ich trinke jetzt einen Vecchia mit dir, und dann wirst du in diesem Restaurant bleiben und mir die Freiheit geben, beziehungsweise ich werde mir sie nehmen, das Restaurant zu verlassen. Ich werde mich nicht umdrehen. Ich werde das Kapitel beenden, ich werde oft an dich denken, ja, vielleicht sogar täglich, aber ich werde diese Begegnung fest in meinem Herzen verschließen, denn ich lasse nicht zu, dass dieses Gefühl weiter Besitz von mir, meiner Seele und meinem Herzen ergreift. Ich möchte das nicht. Ich möchte nicht in zwanzig Jahren mit dir hier sitzen und sagen: ›Die Zeit ist abgelaufen, ich kann nicht mehr ohne dich, aber auch nicht mit dir sein.‹ Ich möchte keine Selbstmordgedanken haben, weil mein Partner stirbt. Ich möchte frei sein. *Freedom is another word for nothing left to loose* – das hat schon Janis Joplin gesungen, und das möchte ich bleiben: Frei!«

Mittlerweile war der Vecchia gekommen. Sandro zog sich sofort zurück, weil er merkte, dass er auch jetzt nur stören konnte. In nur einem Zug leerte Susan entschlossen ihr Glas und stand auf.

Simon hinderte sie nicht daran, er nahm nur kurz ihre Hand und sagte: »Ich lasse dich jetzt nur unter einer einzigen Bedingung gehen: Ich werde dich morgen zum Flughafen bringen! Verlass das Restaurant als unabhängige Frau, aber morgen früh stehe ich vor deinem Hotel. Ich werde da sein und dich zum Flughafen fahren.«

Susan wusste nicht, wie sie ihm das abschlagen sollte, zumal ihr vor allem daran gelegen war, das Restaurant so schnell und unkompliziert zu verlassen wie irgend möglich. Und wer wusste schon, was morgen war. Vielleicht würde sie sich einmal in ihrem Leben nicht an eine Abmachung halten und sich trotzdem ein Taxi nach Fuhlsbüttel nehmen. War sie nicht ihr ganzes Leben lang viel zu zuverlässig gewesen? Hatte sich an Verabredungen gehalten, an Treueschwüre geglaubt und war damit am Ende immer auf die Nase gefallen? Jetzt jedenfalls nichts wie weg hier!

»Also gut«, willigte sie ein. Sie blickte noch einmal in die wunderbaren Augen dieses Mannes und wurde kurz unsicher. War es doch ein Fehler? Reagierte sie nur mit Angst und Panik, weil dieses Gefühl zu groß war? Würde sie sich diese Befreiung ein Leben lang vorwerfen? In diesem Augenblick wusste sie nur eines sicher: Das war eine der letzten Weggabelungen, die sie in ihrem Leben haben würde, und sie hatte die Unabhängigkeit, die sie Freiheit nannte, gewählt.

Weg, nur weg von Simon!

Sie verließ das Restaurant ohne Gruß. Die anderen Gäste mussten wohl annehmen, dass es zwischen ihr und Simon einen Streit gegeben hatte. Mit einer Mischung aus Neugierde, Taktlosigkeit und Amüsement blickten sie Susan hinterher.

Simon waren die anderen Gäste egal. Er bestellte eine ganze Flasche Vecchia, dachte nach, guckte auf den Tisch, malte kleine Figuren auf die Papierserviette und wollte nicht angesprochen werden – noch nicht einmal von Sandro.

Stundenlang saß er so an seinem Platz, während sich das Restaurant Tisch für Tisch, Stuhl um Stuhl leerte. Sandro wagte es nicht, Simon anzusprechen. Noch nie hatte er ihn so gesehen. Simon hatte sich in sich selbst zurückgezogen und dachte nach. Susan hatte offenbar dieselben Ängste wie er. Fast hatte er das ja in ihrer gemeinsamen Nacht geahnt. Die Angst, verletzt zu werden, die ja eigentlich die Angst war, in seinem Innersten berührt zu werden. Trotzdem kämpfte er mit den Tränen. Das war ihm seit Jahren nicht passiert. Höchstens, als sein Sohn ihm einmal gesagt hatte, er sei der beste Vater der Welt – sonst hatte ihn in der Vergangenheit nichts vergleichbar bewegt. Hatte er dem Sohn doch eine Scheidung zugemutet, über die er selber kaum hinweggekommen war.

Und nun war er wieder im gleichen Maß berührt und bewegt von dieser Frau, von Susan. Denn er hatte das Gefühl, mit Susan etwas erleben zu können, wonach er immer Sehnsucht gehabt hatte, dessen er sich aber nicht bewusst gewesen war. Es war die Sehnsucht nach Stillstand, danach, die Räder anzuhalten, die Festplatte zu löschen. Es war die Sehnsucht nach der Gemeinsamkeit, nach der Gegenwart. Aber konnte es sein, dass Susans Angst zu groß war für solche Gefühle? Und seine eigene auch?

In der Vergangenheit war ihm stets seine Motorik im Weg gewesen. Er war ein fliehendes Pferd. Seit seiner Scheidung mied er das Verbindliche, die Symbiose mit einer Frau, denn ihm war die Nähe furchtbar. Aber plötzlich, nach diesen vielen Gesprächen mit Susan, war er zum allerersten Mal wieder bereit, sich zu öffnen und mit einer Frau durch Höhen und Tiefen zu gehen. Nie hatte er geglaubt, dass er das in diesem Leben jemals wieder wollen könnte.

Simon hatte plötzlich keine Lust mehr, noch länger dem Verstand zu folgen, sondern endlich dem Gefühl. Was war von ihm übrig, wenn nicht mehr der Verstand der Motor war? Aber um das alleine herauszufinden, war er nicht mutig genug. Dazu brauchte er Susans Hilfe – ihre Liebe. Und das war neu für ihn, denn bislang hatte er einzig und allein auf sich selbst vertraut. Er hatte es genossen, alleine zu laufen, alleine in ein Restaurant zu gehen, alleine im Flugzeug zu sitzen oder alleine mit einem Auto durch Italien zu fahren, einfach sein eigener Herr zu sein, unbeeinflusst.

Denn nur so konnte er seine Sehnsucht ausleben: die Sehnsucht nach der unerreichbaren Frau, nach dem Land, in dem er sich gerade nicht befand, nach der Heimatstadt oder dem Beruf, den er nicht ergriffen hatte. Er war der Typ Mann, der immer dahin wollte, wo er gerade nicht war, das haben wollte, was er nicht bekommen konnte, tun wollte, was er gerade nicht tat, mit dem Menschen zusammen sein wollte, den er nicht haben konnte. Aber in den letzten Jahren war das Gefühl, dass die Zeit kostbarer wurde, ja sich vielleicht sogar dem Ende zuneigte, stärker geworden. Und daraus war der Gedanke erwachsen, sich dem Stillstand zu verschreiben.

Zum ersten Mal fühlte er sich von einer Frau nicht bedrängt. Zum ersten Mal hatte er eine Persönlichkeit kennengelernt, die im Zweifel lieber alleine bleiben wollte, als ihr Herz zu verschleudern. Simon hatte immer gedacht, diese Art Freiheitsliebe sei eine männliche Attitüde, die bei Frauen so gut wie gar nicht vorkam … Er war so in seine Gedanken versunken, dass er keine Lust hatte aufzustehen. Ganz im Gegenteil, für seinen Teil hätte er am liebsten die Zeit angehalten und wäre endlos lang im Bruschetta sitzen geblieben. Seine Gedankenschleife konnte er ohnehin nicht aufhalten.

Simon schaute auf die Tischplatte, spielte mit einer kleinen Pfütze um sein Weinglas und fühlte sich in sich gekehrt eins mit sich selbst. Früher hatten ihn Frauen immer aus seinem Land vertrieben, so schien es ihm. Mit Susan aber wollte er Neuland entdecken. Er bog auf eine Zielgerade ein, in der Hoffnung, dass das Ziel noch nicht in Sicht war. Deutlich spürte er sein Alter und fühlte sich dennoch so jung wie nie. Wir suchen wohl beide in der Gewissheit, nichts zu finden, dachte er.

Die Geräusche, die Jallo verursachte, schreckten ihn aus seinen Überlegungen auf und holten ihn ins Hier und Jetzt zurück. Zu seinem Job gehörte es, nachdem der letzte Gast bezahlt und die Kellner die Abrechnung gemacht hatten, erst die Küche aufzuräumen und sich dann um das Restaurant zu kümmern. Wenn man als Gast sein Vertrauen erworben hatte (was einiger Jahre bedurfte), nahm Jallo danach bei einem Platz, trank ein Glas Wasser und ließ einen an seiner ghanaischen Weltsicht teilhaben. Er hatte stets ein Buch dabei, in das er deutsche Wörter eintrug, die ihm widersinnig erschienen.

»Hast du neue Wörter gefunden?«, fragte Simon müde.

»Hast du eine Liebe gefunden?«, wich Jallo einer Antwort mit einer Gegenfrage aus.

»Ja. Zum ersten Mal!«

»Bauchentscheidung?«, wollte Jallo lächelnd wissen.

»Herzensentscheidung«, sagte Simon. »Dieses Wort gibt es in der deutschen Sprache bezeichnenderweise nicht«, setzte er nach. »Es gibt aber die Wörter ›Kopfgeburt‹ und ›Herzensbildung‹.« Simon lachte.

»Das Herz ist gebildet, der Bauch trifft die Entscheidung, und der Kopf bekommt Nachwuchs.« Jallo schaute durch die Fenster in die Nacht. Jemand rüttelte an der verschlossenen Restauranttür, angelockt vom Licht, das noch brannte. Doch er gab schnell auf, als er merkte, dass die Trattoria geschlossen hatte.

»Wenn du liebst, verfange dich nicht so lange in der Frage, ob es auch wirklich der Fall ist, bis du sie mit nein beantworten musst«, sagte Jallo zu Simon. »Geh hin, schlaf mit ihr, lach mit ihr und küss ihren Bauchnabel.«

»Ihren Bauchnabel?«

»Ja.«

»Warum?«

»Wenn sie es zulässt, dann wird sie nicht mehr weglaufen.« Jallo lächelte in sich hinein, und Simon fragte sich, wie viele Bauchnabel der poetische Geschirrspüler wohl schon geküsst hatte.

Jallo erhob sich und legte ihm den Restaurantschlüssel auf den Tisch. »Schließ ab, wenn du gehst.«

»Darfst du das denn?«, fragte Simon.

»Ja. Ich habe Sandro gefragt. Wir wussten schon am frühen Abend, dass du heute der Letzte sein wirst. Du nimmst Abschied, und das braucht Zeit. Leb wohl.« Mit diesen Worten drehte sich Jallo um und ging.

Simon, der sich erhoben hatte, stand unvermittelt alleine im Restaurant. Zum ersten Mal. Noch nie war er in diesen Räumen ganz alleine gewesen. Im La Bruschetta hatte er sich immer ausgelüftet. Es war sein Zuhause geworden, als ihm das Zuhause genommen worden war. Hier hatte er sich umgestülpt wie ein Pullover, der versehentlich jahrelang auf links getragen worden war.

Am nächsten Morgen stand Simon sehr pünktlich mit einem Taxi vor Susans Hotel. »Es kann eine halbe Stunde dauern. Hier sind fünfzig Euro«, sagte er dem Taxifahrer. Der amüsierte sich und antwortete: »Kunden wie Sie hab ich gern. Die sind sehr selten geworden im knauserigen Deutschland.« Simon hörte nicht zu, sondern stieg aus. Er trug eine bequeme Outdoorhose, in der man auch bei Minustemperaturen und Schneefall durch Deutschland wandern konnte. Dazu einen dicken Pullover und robuste Schuhe. Außerdem hatte er einen Rucksack dabei, den er eilends im Kofferraum verstaute, damit Susan ihn nicht sah.

Als er zum Hoteleingang ging, trat Susan ihm bereits entgegen. Sie hatte offenbar drinnen gewartet, um ihn abzupassen.

»Na, machst du eine Camel-Trophy?«, begrüßte sie ihn etwas schnippisch und unsicher und deutete auf sein Outfit.

»So ähnlich«, murmelte er und nahm ihr ihre Koffer ab.

Schweigend stieg Susan ins Taxi, offenbar bemüht, erst gar nicht mit Simon ins Gespräch zu kommen – jetzt bloß kein Gedankenaustausch mit ihm. Sie wollte sich schützen und vermied deshalb jede Nähe, war sie auch noch so flüchtig, noch so oberflächlich. Susan hatte sich über Nacht noch tiefer in ihre seelische Ritterrüstung zurückgezogen, steckte in einer Art emotionaler Vakuumverpackung.

So brüchig ihr Schutzpanzer auch sein mochte, für die kurze halbe Stunde Autofahrt zum Flughafen schien er ihr ausreichend gefestigt. »Warum ein Taxi?«, fragte sie Simon dennoch, um die Stille in dem anfahrenden Wagen nicht zu laut werden zu lassen. »Warum nicht mit deinem Auto?«

»Meinen Wagen konnte ich gestern nicht mehr mit nach Hause nehmen. Wir hatten wohl etwas zu viel getrunken«, antwortete Simon.

Damit gab Susan sich zufrieden. Das Taxi fuhr durch die erwachende Stadt, und wieder war es Susan, die die Stille nicht aushielt und nach ein paar Minuten fragte: »Und jetzt, kaum werde ich im Flughafengebäude verschwunden sein, suchst du Trost in deiner ewigen Unruhe? Fängst du jetzt an zu laufen? Du willst ja ganz offensichtlich eine Wanderung machen, oder?«

»Das ist ja wohl mein gutes Recht, wenn ich das richtig sehe.«

»Klar. Natürlich.«

Susan sah aus dem Fenster. Er sollte ruhig machen, was er wollte. Sie war ihm nicht gewachsen, sie war dieser Stille nicht gewachsen. Sie war unglücklich, fühlte sich gerade unendlich verletzlich und bereute zutiefst, dass sie Simon gewährt hatte, sie zum Flughafen zu bringen. Sie war in extremer Weise angespannt, denn diese Abreise war eine Entscheidung gegen ihr Herz. Und deshalb wollte sie das alles unbedingt verdrängen, ihre Angst vor Nähe, ihre Angst vor der Zeit, aber auch vor der Erkenntnis, dass die Zeit unerträglich zu werden schien, je kostbarer sie wurde. Es ist ja jetzt schon unerträglich, dachte Susan, wenn es gilt sie zu vertreiben oder zu vergeuden. Diese kostbare Zeit war ein Lebensgefährte, ohne den es sich leichter lebte …

Das Taxi parkte vor dem Flughafen. Es war wenig los an diesem Samstagvormittag.

»Bleib einfach sitzen«, sagte Susan zu Simon. »Fahr doch gleich mit diesem Taxi wieder zurück. Ich nehme mir einen Gepäckwagen.« Sie wollte den Abschied so schnell wie möglich hinter sich bringen. Aber Simon sagte dem Taxifahrer: »Nein, nein, ich steige aus!«, und reichte ihm wortlos weitere zwanzig Euro.

»Oh, das ist aber großzügig von Ihnen!«, antwortete dieser begeistert. Der jetzt doppelt motivierte Taxifahrer drückte den Warnblinker, stieg aus, öffnete die Kofferraumklappe und entlud das Gepäck – auch den Rucksack von Simon, den Susan nun bemerkte.

Schließlich standen sie beide voreinander, sie mit

ihren Koffern, er mit seinem Rucksack, ein ungleiches Paar. Susan wollte den Abschied jetzt endlich hinter sich bringen und suchte wie so oft ihr Heil im Schnippischen, als ob sie etwas Gutes in sich töten oder besser gar nicht erst entstehen lassen wollte. Jetzt keine Sentimentalität zeigen – und erst recht keine Schwäche. »Na, dann mach du mal deine Wanderung«, entfuhr es ihr. »Mach dich mal schön auf die Suche. Hoffentlich findest du das, was du suchst. Was immer das auch ist …«

»Das bist du«, erwiderte er schlicht.

Susan sah ihn irritiert an, und er sagte: »Wenn du jetzt zurück nach Zürich fliegst, mache ich mich auf denselben Weg – aber zu Fuß! Es wird eine Weile dauern. Ich schaffe in meinem Alter höchstens zwanzig Kilometer pro Tag. In einigen Wochen werde ich vermutlich da sein.«

Fassungslos sah Susan ihn an.

»Wir können uns ja schreiben«, fuhr Simon ungerührt fort. »Vielleicht schicke ich dir Ansichtskarten oder Briefe. Die werden vermutlich vor mir bei dir sein. Ich möchte mit dir in Verbindung bleiben auf dieser Reise, denn verbunden sind wir ohnehin, was auch immer wir tun. Deswegen gebe ich dir eine letzte Möglichkeit zu einer freien Entscheidung, unbeeinflusst von einem Überschwang an Gefühlen: Wenn ich in Zürich eintreffe, werde ich dich vom Stadtrand aus anrufen. Dann wirst du mir einen Italiener deiner Wahl nennen. Wenn du bei deinem

Nein bleibst, trinken wir dort einen Espresso zusammen. Aber wenn du dich anders entscheidest, dann bestell bitte einen Vecchia dazu.«

Susans Schutzpanzer fiel bei diesen Worten komplett in sich zusammen. Tränen traten in ihre Augen, und durch diesen Schleier hindurch sah sie ihn ein letztes Mal flehentlich an und drehte sich dann abrupt um. Simon meinte darin zu lesen, dass sie sein Vorschlag tief bewegte – und freute.

Er wollte sie tröstend am Ellbogen berühren, doch sie zischte wie ein Backfisch, der einen anderen abwehrt: »Nicht!« Mit rot geränderten Augen sah sie ihn noch einmal an und verschwand dann eilig, mit einem leichten Nicken, im Flughafengebäude.

Es erschien ihm eine gute Idee, ihr nicht zu folgen.

Und Simon lief los…

Was fällt ihm eigentlich ein?, dachte Susan aufgebracht, während sie ihre Tränen trocknete und das An- und Auszieh-Prozedere der Sicherheitskontrolle hinter sich brachte. Innerlich war sie völlig aufgewühlt und alarmiert. Als würde die Alarmsirene nicht bei der Personenkontrolle schrillen, sondern laut, deutlich und rot blinkend in ihrem Inneren! Alarm!! Simon hatte sie in Alarmzustand versetzt. Er nahm ihr die Ruhe, ihre Seelen-Entspanntheit. Er machte sich tatsächlich zum Sturm auf ihren Rückzugsort auf und drang damit in ihre Intimsphäre ein. Sie fühlte sich bedroht, gehetzt – und wurde darüber wütend. Was fiel ihm ein, sie derart unter Druck zu setzen? Welchen Teil des Wortes »Nein« hatte er nicht verstanden? Sie hatte sich doch deutlich genug ausgedrückt! Sie wollte ihn nicht. Nicht in ihrem Leben, das exakt so weiterlaufen sollte wie bisher: ohne besondere Höhen und Tiefen, eher lauwarm als heiß, dafür aber berechenbar und zuverlässig. Sie wollte nicht unter Strom gesetzt werden, sie wollte ihre Ruhe. Keinen Herzschmerz mehr, dafür war sie zu alt, und überhaupt war sie es leid. Bleib mir bloß vom

Leib, dachte Susan, mit dieser verdammten Liebe! In diesem Spiel habe ich kein Glück!

»Du hast einfach nur Angst«, flüsterte das Teufelchen in ihrem Kopf, während sie sich im Duty-Free-Bereich zu beruhigen versuchte und sich durch die Taschen und Gürtel, durch das Parfum-Angebot, Schmuck und schließlich die teureren Rieslinge der Wein-Abteilung arbeitete. Sie kannte sich – auch heute noch selten für eine Frau – ziemlich gut mit Wein aus. Irgendwann hatte sie sich während einer Festanstellung tagsüber so gelangweilt, dass sie aus Verzweiflung die Feinschmecker-Zeitung des Hauses studiert hatte und dadurch nach und nach zur Weinexpertin geworden war. In Verbindung natürlich mit ein paar sehr süffigen Weinproben.

»Feigling!!«, zischte das provokative Teufelchen hinter ihrer Stirn. Sie stellte es sich kurz als einen aufgedunsenen Dieter Bohlen vor und bat ihn höflich, zu verschwinden, während sie an den Auslagen der Edel-Shops vorbeischlenderte. Eine Sonnenbrille im Wayfarer-Style fiel ihr ins Auge. Ohne zu zögern probierte sie sie an – und kaufte sie. Materielle Werte hatte sie schon immer als tröstlich empfunden. Die blieben ihr treu, konnten nicht weglaufen. Sachen machten sie sicher. Abgesehen davon sorgte das jetzt für Ablenkung.

Im Zeitungskiosk kaufte sie sich *Stern* und *Spiegel*. Ihr Blick blieb an einem weinroten Buchcover hängen, das ihr auf einem Ständer ins Auge sprang: *Being in love* von Osho, in den Siebzigern bekannt als Bhagwan. Sie hatte ihn immer schon gemocht, weil er lustig war, Weisheiten in Humor verpackte und weder demagogisch noch autoritär agierte. Sie kaufte auch das Buch.

An ihrem Gate angekommen, bestellte sie sich am Kaffeestand einen Espresso und ein Ciabatta mit Rucola und Schinken und setzte sich. Wovor hatte sie eigentlich solche Angst? Ihr konnte doch gar nichts passieren. Dann sagst du dem Kerl eben, dass er wieder verschwinden soll, wenn er in Zürich vor deiner Tür steht, dachte sie. Zwei klare Sätze, und das Problem war erledigt. Nein, es ging ja noch einfacher: Sie brauchte nur Simons Vorschlag zu folgen und ihm bei ihrem Italiener einfach nur einen Espresso zu bestellen. Sie spürte, wie sie sich ganz vorsichtig entspannte, während sie an ihrem Espresso nippte. Espresso – das moderne »Aus«. Lustig …

Im Flieger saß sie in der 17. Reihe am Gang. Der Platz neben ihr blieb frei, am Fenster saß ein asiatisch aussehendes Mädchen, das sich sofort mit iTunes aus der Welt stöpselte. Susan streckte die Beine aus. Sie war keine Beziehungs-Phobikerin, keine Nähe-Paranoikerin – wirklich nicht. Es hatte schon etliche Lieben in ihrem Leben gegeben: lange und kurze, dicke und dünne, glücklich und unglücklich machende, rein sexuelle und rein platonische, vernünftige und unvernünftige, leidenschaftliche und langweilige. Statistisch gesehen standen ihr 1,5 große Lieben zu, hatte sie irgendwo gelesen. 0,5 davon hatte sie gehabt – die eine ganz ganz große, die einzigartige, himmlische, alles umfassende, kopfverdrehende, Herz-in-Flammen-setzende, unfassbar tiefe, glühend-leidenschaftliche, absolut ekstatische Liebe, die einem aus Filmen, Büchern und Songs entgegenspringt, war bislang noch nicht dabei. Und irgendwie glaubte sie auch nicht so recht daran. Alle Beziehungen um sie herum scheiterten – sogar bei den extrem Durchhaltestarken – spätestens nach sieben Jahren. Fast alle ihre Freundinnen und Kolleginnen waren Single, und viele hatten sich wunderbar damit arrangiert, fanden es herrlich, sich nicht mehr mit einem »Kerl« abplagen zu müssen. Sie lebten glücklich und zufrieden ohne das unverständliche Geschlecht, das gerne so etwas Todlangweiliges wie Fußball im Fernsehen sah und ein intimes Verhältnis zu seinem jeweiligen Kraftfahrzeug pflegte.

»Was darf ich Ihnen zu trinken anbieten?«

Die gut frisierte Stewardess riss Susan aus ihren Gedanken. »Einen Tomatensaft, bitte«, sagte Susan. »Und einen Kaffee!« Im Flugzeug trank sie – wie so viele – seltsamerweise immer Tomatensaft, was sie sonst nie tat. Und sie bestellte grundsätzlich zwei Getränke. Warum eigentlich? Vermutlich, weil ihr Fliegen immer noch ein bisschen unheimlich war und sie vor einem eventuellen Absturz noch so viel mitnehmen wollte wie irgend möglich …? Vielleicht war sie aber auch einfach nur gierig. Oder weil es umsonst war.

Susan packte das Osho-Buch aus und begann, darin zu blättern. »Liebe tut weh – und andere Missverständnisse« war der erste Satz, der ihr in der Kapitelübersicht ins Auge fiel. Ertappt und darüber wütend, klappte sie das Buch zu und packte es wieder weg.

Simon wusste, er rannte von einer Welt weg, die ihn anödete. Genau wie er vor langer Zeit aus seinem Beruf geflohen war. Sein Beruf hatte im Grunde darin bestanden, dafür zu sorgen, dass Strukturen funktionierten – und er in ihnen. Das hatte er hinter sich gelassen. Glücklicherweise waren ihm die »Fringe Benefits«, die Annehmlichkeiten wie Firmenwagen, Firmen-Handy oder Business-Class-Upgrades, die eine steile Karriere mit sich gebracht hatte, nie wichtig gewesen. Diese »Goodies« hatte er stets als hübsches Beiwerk empfunden, aber immer eher als »nice-to-have« denn als »must-have« eingestuft. Selbst damals war er nie in elitäre High-End-Gehege wie den Rotary Club oder den Lions Club gegangen. Solche Männer-Vereinigungen fand er ätzend, grauenhaft, sie waren ihm unerträglich.

Simon wollte weg aus dieser Welt, die ihn noch bis vor kurzem umgeben hatte. Diese gemauerte Bürgerlichkeit, in Stein gegossene Langeweile, Männer und Frauen, die sich konform nach Drehbuch äußerten, das Klügere Jahrhunderte vor ihnen geschrieben hatten. Ein Diskurs, in dem es keine Quellen mehr gab, sondern nur noch Sekundärliteratur – was für eine Allegorie für das Leben unserer Zeit!

Er wollte weg aus dieser Welt, die ihn mit ihrem Leistungsdenken wohl nur noch daran erinnern sollte, dass er eventuell hätte stärker sein können, als er es bisher gewesen war. Obwohl er finanziell schon lange unabhängig war. Sein Konto bot ein bequemes Polster, und die Honorare seiner Schreib-Aufträge reichten für einen angenehmen Lebensstil. Aber die Karriere hatte er irgendwann an den Nagel gehängt. Ohne Bedauern.

Landschaft war eine tröstende Komponente für ihn. Schlichte Landschaft, ob es nun regnete oder schneite. Er sehnte sich danach zu gehen, zu wandern, vielleicht sogar zu rennen, sich auszupowern, denn das war etwas, das ihn zutiefst befriedigte: unterwegs zu sein mit einem Ziel, das er mit großer Sorgfalt, mit großem Respekt anpeilte. Das Ziel war eine Frau, die ihm die größte Enttäuschung seines Lebens oder sowohl Versuchung als auch gleichzeitig ein Hafen sein könnte.

Deshalb hatte Simon in der größtenteils durchwachten Nacht beschlossen, sich zu Fuß auf den Weg zu ihr zu machen. In den langen Nachtstunden hatte er grob seine Reise geplant und sich genau überlegt, was er mitnehmen würde. Er wollte mit leichtem Gepäck reisen. Deshalb packte er nur eine Garnitur Wechselwäsche ein, Trinkflasche, Regenklamotten und ein warmes Fleece, Notfallrationen an haltbarer

Wurst und Pumpernickel und was er zuhause sonst noch fand. Übernachten und essen würde er in Pensionen oder Gaststätten auf dem Weg. Hin und wieder würde er sich sicher etwas gönnen, vielleicht auch mal ein Wellness-Hotel, aber eigentlich wollte er alles so schlicht halten wie möglich. Sein Handy packte er zwar ein, aber nur für Notfälle und um Susan anzurufen, wenn er in Zürich ankam, denn erreichbar wollte er nicht sein.

Nach Susans hastigem, kühlem Abschied war Simon allein am Hamburger Flughafen zurückgeblieben. So wenig ihm dieser Abschied gefallen hatte, war doch die Hoffnung aus ihrem Blick in seinem Kopf geblieben. Und er ahnte, dass sie in diesem Moment keine andere Wahl gehabt hatte. Ihre Gefühle waren noch zu frisch und aufgewühlt. Er hätte nichts anderes erwarten dürfen. Und so machte er sich direkt vom Flughafen aus auf den Weg, schon bald wieder in Gedanken versunken.

Vor Susan hatten Simon die Frauen erschöpft. Sie waren für ihn Energiequelle und Energievernichter zugleich gewesen, eine seltsame Spezies, die ihm immer fremd blieb. Wie schrieb der von ihm sehr verehrte englische Krimi-Autor Dick Francis doch so punktgenau:

»Wunderschöne, herrliche Geschöpfe (…) Der Einblick in ihre Wahrnehmung und ihr Wesen war für mich wie der Blick durch eine sich öffnende Tür gewesen, wie eine kaum verstandene und nur halb erlernte Fremdsprache, deren voll-

kommene Beherrschung immer wieder auf entnervende Weise dadurch verhindert wurde, dass man nicht den richtigen Gehör- oder Geruchssinn, keine ausreichenden telepathischen Fähigkeiten hatte. Ihr Geruch und ihr Anblick waren für mich das, was der Seewind für Matrosen ist. Ich füllte meine Lungen und Augen und verspürte große Zufriedenheit …«

Eigentlich hatte Francis das auf Pferde bezogen – aber Simon war diese Passage ins Auge gesprungen, und er konnte nicht umhin, ihn auf Frauen zu beziehen.

Oft hatte er Magazine studiert, die sich auf das weibliche Publikum spezialisiert hatten. In Männermagazinen ging es entweder um blanke Busen, Computer oder Autos. Das waren zumindest klare Verhältnisse. Aber bei Frauen fand er immer ein wenig befremdend und verblüffend, dass sie sich in erster Linie für sich selbst zu interessieren schienen. Es wirkte, als würden sie unglaubliche Variationen und einen Facettenreichtum in sich tragen, und das war ihm fremd, zog ihn auf der anderen Seite aber auch sehr an …

Tagebucheintrag Simon, 27. Oktober

Warum mache ich die Reise? Immer wieder erscheint sie mir völlig absurd. Mache ich doch täglich eine Reise durch mich selbst mit offenem Ausgang und undefiniertem Ziel.

Für Susan war es eine große Erleichterung, wieder in ihrer eigenen Welt zu sein. Ihr kleines Appartement, ihr Balkon, ihre Einrichtung, ihre Bücher, ihr Sofa: Das alles bedeutete für sie Vertrautheit und Geborgenheit. Kaum zuhause angekommen, ließ sie die Koffer fallen, setzte sich noch im Mantel und mit einer Decke auf ihren kleinen Balkon und goss sich ein Glas Sauvignon Blanc ein. Was war in Hamburg bloß passiert? Die paar Tage hatten ihre kleine Welt durchgerüttelt wie ein Schneesturm in ihren geliebten Schüttelkugeln. Aber langsam legte sich der Kunstschnee wieder, und sie versuchte, das Geschehene zu analysieren: Was genau hatte sie in eine solche Panik versetzt und sie Hals über Kopf fliehen lassen? Was fühlte sie für diesen Mann, den sie nur wenige Tage kannte? Als sie jetzt an ihn dachte, umspielte ein kleines Lächeln ihre Mundwinkel. Hier, zurück in Sicherheit auf ihrem Balkon, konnte sie die Wärme und Zärtlichkeit, die sie am ersten Abend in Hamburg für ihn gefühlt hatte, wieder zulassen: Seine schönen Hände, sein Witz, seine tiefen Augen … Es hatte sich richtig angefühlt, ihn zu küssen. Und seltsam vertraut, neben ihm zu schlafen. So vertraut, dass sie mitten in der Nacht aufgeschreckt und unter die Dusche geflohen war. Was war so schlimm an Liebe? Wovor hatte sie solche Angst?

Es läutete an ihrer Haustür. Sofort krampfte sich Susans Magen zusammen. Hatte er etwa, statt zu Fuß zu gehen, den nächsten Flieger genommen? Stand er da jetzt vor ihrer Tür? Beklommen schlich Susan zum Tür-Spion – und sah zu ihrer großen Erleichterung ihre beste Freundin Karen ungeduldig auf den Boden gucken. Susan öffnete die Tür.

»Hey, Karen! Was für eine Überraschung! Woher wusstest du denn, dass ich schon wieder da bin?«

»Ich hab dich auf dem Balkon sitzen sehen und dachte, ich schau mal spontan bei dir rein!«

Die beiden Frauen umarmten sich, und Karen wickelte sich auf dem Balkon ebenfalls in eine Decke, während Susan ihr ein Glas Sauvignon einschenkte. Kaum ein Mensch auf diesem Planeten kannte sie so gut wie ihre allerengste, allerbeste Freundin Karen, die deshalb fast so etwas wie eine Schwester war. Karen und Susan waren seit der Schulzeit befreundet, hatten etliche Aufs und Abs miteinander erlebt, die beruflichen, finanziellen, gesundheitlichen und emotionalen Achterbahnfahrten des Lebens gemeinsam durchgestanden. Susan war stets Karens Trost gewesen in den dreizehn turbulenten Jahren ihrer (immer noch währenden) Ehe mit Rolf – und die Patentante ihrer beiden Töchter.

Karen war Susans Fixpunkt, ihr Heimathafen. Sechsundfünfzig Jahre alt, Grafikerin in einer Werbeagentur, die momentan so obligatorische Nerd-Brille, graue Strähnen im schwarzen Bob und und immer eine Zigarette in der Hand. Sie teilten die Leidenschaft für alte Cowboystiefel und kitschige Schüttelkugeln, genau wie die Lust am »zu laut lachen« und am Tanzen: Karens Tanzstil sah nicht immer gut aus, manche ihrer »Moves« waren sogar für Susan schwer nachvollziehbar – aber dafür war Karen unermüdlich und verließ die Tanzfläche in der Regel erst, wenn der DJ vor Müdigkeit mit dem Kinn auf dem Plattenteller aufschlug oder den Ton abdrehte.

Wenn sie nicht tanzte, war Karen verlässlich emotional und hatte so dicht am Wasser gebaut, dass sie früher schon bei der Mon-Chéri-Werbung (»die armen Kirschen …!«) geheult hatte. Heute passierte ihr das nur noch bei Filmen, in denen Hunde mitspielten.

»So, und nun erzähl mal«, forderte Karen sie auf, nachdem sie angestoßen und sie sich eine Lucky Strike angezündet hatte. »Du siehst ja aus, als hättest du in Hamburg einen Unfall gehabt!«

»Hab ich auch«, antwortete Susan. »In gewisser Weise. Einen Liebes-Unfall. Eine emotionale Verbeulung, sozusagen.«

Fragend zog Karen die Augenbrauen hoch, und Susan erzählte ihr alles von der Begegnung mit Simon. Von ihrer Verkrampftheit, seiner Souveränität und Nonchalance, seinen schönen Händen, seinen

Augen, seinem Humor und seinem wahnwitzigen Plan, zu Fuß zu ihr nach Zürich zu laufen. Sie erzählte von ihrer Angst, ihrer Flucht und der gefühlten völligen Aussichtslosigkeit ihrer gar nicht erst begonnenen Romanze.

»Wow«, überlegte Karen, »das klingt spannend!« Sie guckte Susan an, und beide mussten plötzlich lachen.

»Vielleicht ist es am besten, wenn du ihn ganz schnell wieder vergisst«, dachte Karen laut. »Geschichten, die kompliziert anfangen, bleiben auch kompliziert!«

»Super Tipp«, sagte Susan. »Er kommt doch hierher!! Halloo??«

»Wieso? Du orderst Espresso, und damit hat sich's, oder nicht?«, antwortete Karen.

So einfach war das ja nun auch wieder nicht, fand Susan. Und ihre Freundin war heute extrem unempathisch. Mit einem leichten Ziehen im Bauch dachte sie an Simons Lächeln. Daran, wie gut er roch, und an die Nacht im Hotel, in der nichts passiert war, was sie umso kostbarer machte. Wie warm er sich angefühlt hatte. Nicht körperlich, das auch, aber auch ihr Herz hatte sich warm angefühlt. Geborgen. Beschützt. Nicht mehr allein …

»Hast du dich in ihn verliebt?«, fragte Karen.

»Ich weiß nicht …«, antwortete Susan ausweichend. »Er hat mich aufgewühlt.« Sie fühlte sich von ihm erwischt, dachte sie. Erkannt. Wer konnte das schon? Ihre Schuhe, die Gewürze in ihrer Küche, die Einrichtung, ihr Parfum – all das war sorgsam durchdacht und ausgewählt, Ergebnis jahrelanger Optimierung. Wer würde all ihre Facetten, die feinnervigen Verzweigungen ihrer Seele erkennen? Ihr System, ihre Präferenzen? Wer würde nicht versuchen, sie zu dominieren, sondern sie einfach unangetastet lassen, nicht thematisiert? »Wenn man sich gegenseitig subtrahiert, ist es falsch. Wenn man sich addiert und potenziert, ist es richtig«, hatte sie kürzlich in einem Interview der dänischen Sängerin Gitte Haenning gelesen. War Simon ein Aussauger oder ein Kraftspender für sie?

»So richtig verliebt war ich immer nur in die Falschen, glaube ich«, sagte Susan.

Karen sah sie irritiert an. »In die Falschen?«

»Immer in die, die ich nicht kriegen konnte«, schob Susan erklärend nach. »Anhimmeln unerreichbarer Kerle – eine Spezialität von mir. Was wäre wenn? Hätte? Sollte? Könnte?«

Karen fixierte Susan schweigend und inhalierte tief. »Für manche Menschen ist die Sehnsucht das stärkere Gefühl als ihre Erfüllung«, sagte sie schließlich und blies dabei langsam den Rauch aus.

Das stimmt, dachte Susan. Und vielleicht gehörte auch sie dazu – warum sonst war sie geflohen? Besonders Schriftsteller neigten ja zu masochistischer Liebe. Autoren, die an der Liebe litten, wälzten sich in ihren Gefühlen, fassten ihre Leidenschaft in Worte und hielten sie für die Ewigkeit auf Papier fest. Hätten sie den ganzen Tag fantastischen Sex und wären glücklich, würden sie das sicherlich nicht tun. Und eine Menge wichtiger Werke wäre nicht entstanden.

Aber zurück zur Sehnsucht – wonach eigentlich? War Sehnsucht nicht am Ende nur der fühlbare Ausdruck innerer Leere? Emotionaler Inhaltslosigkeit? Der Tatsache, dass etwas fehlte?

»Warum hast du eigentlich solche Angst vor der Liebe?«, fragte Karen.

Was für eine blöde Frage! Wütend funkelte Susan ihre Freundin an.

»Wenn du dich absichtlich immer in die Falschen verliebst, hast du Angst vor Nähe – dazu muss ich nicht Sigmund Freud sein«, beschwichtigte Karen. »Sich unglücklich zu verlieben ist extrem aufwühlend – aber dennoch absolut ungefährlich, weil ja nie was passiert«, setzte sie nach. »Also ideal für Nähe-Phobiker!« Karen zwinkerte Susan zu. So etwas durfte sich wirklich nur Karen erlauben, jeder andere hätte spätestens jetzt eine wortgewaltige verbale Abreibung von ihr erhalten.

»Die Liebe ist ein Abenteuer«, fuhr Karen fort. »Und wer sich auf das Abenteuer einlässt, wird neue Welten entdecken – in sich und im anderen. Man riskiert Schmerzen, aber auch eine ganze Packung himmlischer Momente. Augenblicke, in denen man fühlt, dass man lebt. In denen man sich selbst vergisst.

In denen man nur noch Liebe, Freude und – wenn man Glück hat – sogar Ekstase fühlt. Genau diese Momente sind es wert, auch wenn die Hölle folgt!«

Susan schaute Karen verblüfft an. »Sprichst du über dich und Rolfi?«

Karen nickte.

»Ich wusste nicht, dass das bei euch so tief geht. Ich dachte immer, ihr führt eine Vernunftehe!«

»Meinst du, dafür würde ich das alles mitmachen? Nee, Schnucki! Ich will und wollte schon immer das volle Programm.«

»Und das wäre?«

»Wenn du einem anderen Menschen alles schenkst, was du hast. Wenn du ihm eine Niere spenden und akzeptieren würdest, dass er danach mit einer anderen glücklich wird. Wenn du ein warmes Gefühl im Bauch hast, wenn du an ihn denkst – dann *liebst* du wirklich! Aufrichtig, uneigennützig und unabänderlich.«

»Du würdest Rolfi eine Niere schenken, damit er mit einer anderen abhauen kann?«

»Na ja, so natürlich nicht.« Karen nahm einen Schluck. »Aber im Grunde schon.«

»Das ist keine Liebe – das ist bekloppt«, stellte Susan fest. »Oder masochistisch. Bei dieser ganzen Liebe für jemand anderen sollte man vielleicht auch die Liebe zu sich selbst nicht ganz vergessen. Und nicht versuchen, sich Liebe durch märtyrerhafte Selbstlosigkeit zu erkaufen.«

»Hhmm«, machte Karen und dachte über Susans Worte nach.

»Und wenn ich dieses ganze Leidenschafts-Drama nicht will? Dieses dauernde Auf und Ab und Nicht-bei-sich-selbst-Sein? Wenn ich einfach nur meine Ruhe haben möchte?«, fragte Susan. »Oder wenn schon mit einem Partner, dann wenigstens mit einem Nerd-Typ, für den ich so viel fühle wie für meinen Toaster und mit dem ich deshalb unaufgeregt und total entspannt durchs Leben dümpeln kann«, setzte Susan nach.

»Okay, spielen wir die ungefährliche Variante mal durch«, schlug Karen vor. »Ich stelle mir so einen Typ wie Günther Jauch vor: bieder, bebrillt, unerotisch, aber lieb und verlässlich. Mit Jauch wird dein Leben friedlich verlaufen. Du fällst innerlich in Tiefschlaf, wirst äußerlich immer fetter, und emotional verhungerst du. Bequemlichkeit hat schon immer krank gemacht. Der menschliche Körper ist nicht für die Stagnation geschaffen – er muss in Bewegung bleiben. Und der Emotionalkörper, die Gefühle, genauso. ›Hier ruht ein Mensch, der Angst vor der Liebe hatte‹ – willst du, dass so ein Spruch am Ende auf deinem Grabstein steht?«

Also so provokativ hätte sie es nun auch nicht ausdrücken müssen, fand Susan. Und dennoch: Sterbende bereuten ja bekanntlich nur, was sie NICHT getan hatten. Wollte sie wirklich von dieser Welt gehen, ohne sich auf diese Liebe eingelassen zu haben?

Und was heißt überhaupt Liebe? Woran merkt man, dass es sich um echte, bedingungslose Liebe handelt und nicht um das viel unehrenhaftere Gefühl der Angst vor Einsamkeit? Wie hatte Regina in Hamburg gesagt? Erst wenn man mit sich selber klarkommt und zufrieden ist – dann kann die Liebe kommen, wie ein Geschenk. Ein Upgrade des Lebens sozusagen, das man nicht ordern kann.

Simon lief und lief. Er hatte den Eindruck, als würde er sein Leben zum ersten Mal betreten, als würde er in einen sehr schön eingerichteten Raum schreiten. Er lief zu sich selbst und dachte dabei unablässig an Susan.

Zu gern hätte er sie angerufen, aber er verkniff es sich. Diese Reise diente ja auch dazu, zu sich selbst zu kommen, aus eigener Kraft und ohne Austausch. Deshalb wollte er sich nur auf die altmodische schriftliche Form beschränken. Er hatte sein Tagebuch eingepackt, etwas Briefpapier und hatte vor, immer wieder Postkarten zu kaufen. Wenn er ihr schrieb, achtete er stets darauf, den Brief in kleinen Orten oder auf Dörfern im Briefkasten zu deponieren, weil er das romantischer fand. Er wollte nicht, dass der Brief an einer lärmenden Großstadtkreuzung in einem Kasten lag. Er wollte, dass der Brief, den er mit Ruhe und heißem Herzen geschrieben hatte, möglichst friedlich darauf warten konnte, dass der Kasten geleert wird.

Ansichtskarte von Simon für Susan, 29. Oktober

Ich bin in der Nähe von Celle, das ist etwa 80 km näher bei Dir. Ich weiß nicht, ob Du die Nähe, die ich zu Dir spüre, in irgendeiner Form teilst. Ich weiß nicht, ob die Nähe, die Du nicht spürst, gar keine ist, weil Du gar nicht weißt, was Nähe ist. Oder weil das, was Nähe ist, in Dir irgendwann missbraucht wurde. Ich jedenfalls komme Dir näher, in jeder Hinsicht.

Die Nachmittagsstunde mit Karen war in einen langen Abend bei Susans Lieblingsitaliener übergegangen und hatte mit sehr viel Rotwein geendet. Dementsprechend verkatert wachte Susan am nächsten Morgen auf, schleppte sich in die Küche und setzte Teewasser auf. Morgens konnte sie sich selten zwischen Kaffee und Tee entscheiden, aber heute war ganz klar ein Darjeeling-Tag. Während sie die Teeblätter in die Kanne portionierte, dachte sie über das gestrige Gespräch nach: Simon … Liebe … Angst …

Es war an der Zeit, Simons angebliche Gefühle auf ihren Wahrheitsgehalt zu überprüfen: Konnte das überhaupt sein, dass ein Mann sich nach nur einer Nacht, in der es noch nicht mal Sex gegeben hatte, unsterblich und rettungslos in sie verliebte? War sie so faszinierend, dass jemand anders ihr hoffnungslos verfallen konnte? Was fand Simon an ihr?

Susan sah sich im Badezimmerspiegel prüfend in die Augen und betrachtete ihre Falten. Vielleicht war das doch keine so gute Idee nach einem weinseligen Abend. Andererseits war jetzt auch irgendwie eine Stunde der Wahrheit.

Ihr Gesicht – die Landkarte ihres Lebens. Sie hatte immer noch sehr volle, sinnliche Lippen; bei manchen ihrer Freundinnen waren sie schon sehr verknittert, ein wenig vertrocknet oder wurden schmal. Ihr Mund war schon mal ein Pluspunkt. Aber: Sie hatte Schlupflider bekommen! Bald würde man ihre Augen nur noch sehen können, wenn sie die Hautläppchen mit Tesa an die Augenbrauen klebte, dachte sie und musste lachen. 1:1 im Face-Match.

Weiter mit der gnadenlosen Bestandsaufnahme: Ihre Zähne waren noch weiß, ihre vollen Haare glänzten und hatten nur vereinzelte graue Strähnen, ihre Lachfalten um die Mundwinkel waren noch so sexy (nicht Susans Einschätzung, sondern Feststellung diverser Liebhaber und Freundinnen) wie immer. Die Vorzüge gingen also mit 4:1 klar in Führung.

Aber waren diese Äußerlichkeiten eigentlich wichtig für einen Mann? Hatten Männer nicht ein ganz eigenes Beute-Schema? Aber was, um Himmels willen, fand er so toll an ihr?

Susan zog sich aus und schuf nackte Tatsachen: Auch ihr Busen war noch gut in Schuss. Er war noch so prall wie mit dreißig und hing nicht – genauso wenig wie ihr Hintern. Susan drehte sich seitlich: Sie hatte weiche, ebenmäßige Haut, aber eindeutig einen zu dicken Bauch, zu umfangreiche Oberschenkel und zu kräftige Oberarme. Wie sagte man früher dazu: »stark gebaut«? Ja, das war sie. Aber sie hatte schöne, zierliche Hände und Füße.

Susans Blick blieb am behaarten Dreieck ihrer Scham hängen. Sie gehörte noch der altmodischen Generation an, die nicht panisch jedes Körperhaar epilierte. Intim-Frisuren für Frauen, über die man sich mittlerweile auf zahlreichen Websites informieren konnte und die Fachbegriffe wie »Brazilian«, »Landing Strip«, »Irokese« oder »Schnäuzer« als Namen trugen, waren für Susan keine Selbstverständlichkeit. Sie war gerne Frau, und zwar eine erwachsene, reife Frau, und mochte ihre Scham deshalb nicht in den kindlichen Nackt-Zustand versetzen, der heute so modern war.

Die Achseln rasierte sie sich selbstverständlich seit Jahrzehnten, und auch ihrer Scham hatte sie einen gepflegten, »bedienerfreundlichen« Kurzhaarschnitt verpasst. Das war ihr Zugeständnis an die Neuzeit. Zu mehr war sie jedoch nicht bereit. Oder sollte sie? Ob Simon überall rasiert war? Ob er enttäuscht wäre, wenn sie es nicht war? Erwartete er eine Scham in Herzform?

Susan zog sich wieder an. Alles in allem war sie nicht unzufrieden mit sich, stellte sie erleichtert fest. Dass Simon auf ihre äußere Hülle ansprach, war also einigermaßen glaubwürdig. Aber was war mit ihren inneren Werten? Konnte er die wirklich so schnell erfassen? Gab es diese Liebe auf den ersten Blick, von der zum Beispiel Fabienne und Sebastian gesprochen hatten, wirklich, und wenn ja, war sie bereit, daran zu glauben? Nachdenklich nippte sie an ihrer Teetasse.

Und Simon? Hatte er denn keine Zweifel? Stellte er sich auch kritisch vor den Spiegel, oder fand er sich rundum toll? Oder machte er sich solche Gedanken überhaupt nicht?

Susan leerte ihre Tasse und begann ihren Tag. Sie wollte sich heute unbedingt an den Artikel machen.

Brief von Simon an Susan, 30. Oktober

Susan,

ich habe so etwas noch nie gemacht. Ich gehe Dir entgegen, einer Frau, die ich im La Bruschetta gesehen habe, durch den schmalen Spalt einer Hintertür. Sofort wusste ich, dass diese Frau mein Leben verändern wird. Warum weiß ich das? Woher weiß ich das? Es ist doch völlig absurd, dass man sich nach so kurzer Zeit so sicher sein kann. Ist die Liebe nicht schwierig?
Vor einiger Zeit habe ich eine Therapeutin besucht, die hat mir in die Feder diktiert, ich solle Zeit und schöne Dinge für mich schaffen. Ich lasse mir keine Energie mehr absaugen, von niemandem, auch nicht von sinnlosen Fragen. Ich entscheide jetzt nach meinen Bedürfnissen, und das ohne schlechtes Gewissen! Susan, deswegen bin ich auf dem Weg zu Dir. Ich bin ein Befreiter, ich bin ein Nicht-Erwartender. Ich bin maximal ein Hoffender. Den Brief werfe ich in Fulda ein. Möge er deutlich früher in Zürich bei Dir eintreffen als ich.

Dein Simon.

Tagebucheintrag von Simon, am selben Tag

Diese ewigen Erwartungen! Die Erwartungen, die man an sich selber stellt, die Erwartungen, die man glaubt erfüllen zu müssen, die Erwartungen, die einhergehen mit dem Begriff Liebe. Dieser völlig Hollywood-versaute Begriff »Liebe«. Man sollte ein neues Wort erfinden für das wahre, echte Gefühl. Vielleicht wird irgendetwas in mir gelöst, wenn Susan und ich uns lieben werden. Ob es so sein wird, weiß ich nicht. Ich weiß nicht, ob ich ihr diese Tagebuch-Einträge je zeigen werde. Ich habe meine Zweifel, denn ich habe schlechte Erfahrungen gemacht mit zu viel Vertrautheit, die so häufig mit Vertraulichkeit verwechselt wird. Und dennoch will ich um jeden Preis zu ihr.

Warum laufe ich nach Zürich? Weil ich Spaß am Laufen habe. Sicherlich nicht, weil sie Spaß daran hat, auf mich zu warten. Ich weiß ja noch nicht mal, ob sie überhaupt auf mich wartet. Wir alle suchen in der Liebe vielleicht etwas, das keine Generation vor uns in der Liebe gesucht hat. Diese abenteuerliche und schwierig zu erfüllende Mischung aus Erwartung, Seelenheil, Errettung und Herzensgüte. Begriffe, die lange vergessen waren. Im Grunde ist ja selbst die Liebe im Alltag ein Resultat der Leistungsgesellschaft geworden. Deshalb ist das Bedürfnis so stark, einfach nur mal zu »sein«. Einfach nur leben – ohne gleichzeitig etwas zu leisten. Die Deutschen lieben an sich ihre Stärken, die Italiener dagegen ihre Schwächen, erzählte mir eine Freundin vor gar nicht langer Zeit. Das ist doch etwas sehr Erstrebenswertes: die Schwächen des anderen zu lieben und mehr noch, sie als Stärken zu empfinden! Schwäche heißt doch nur, dass man nach irgendeinem absurden, abstrakten Katalog nicht in der Lage ist, ein Leistungskriterium zu erfüllen. Was ist schon eine Schwäche?

Brief von Simon an Susan, 2. November

Meine liebe Susan,

weißt Du, was mir scheint, was die Liebe ist? Die Liebe ist nichts anderes, als dass man sich niederlassen kann in dieser hektischen, mobilen Zeit, in der jeder reist, jeder unterwegs ist, jeder mailt, jeder urteilt und beurteilt wird. In der jeder glaubt, dass er funktionieren muss. Ich glaube, die Liebe ist nichts anderes, als dass ich irgendwann in einen Gleitflug kommen möchte, in Richtung eines Nestes, in Richtung einer Höhle, in Richtung eines Lagers oder eines Flughafens. Dieses Ankommen habe ich bislang stets abgelehnt. Was mache ich, wenn ich angekommen bin? Wo soll ich hin mit mir? Es ist doch eine völlig absurde Vorstellung, dass man, bevor man stirbt, irgendwo ankommen muss. Und dennoch steigt in mir plötzlich die Vorstellung auf, dass man sich innerhalb einer Liebe plötzlich nicht mehr die Zeit vertreibt, sondern im Gegenteil sehr sorgsam mit ihr umgeht. Ich möchte mit unserer gemeinsamen Zeit, Susan, behutsam umgehen.

Dein Simon.

Er lief und lief. Das erste Mal lief er nicht mehr fort. Das erste Mal in seinem Leben war er kein Spurenverwischer mehr, sondern hatte ein ganz klares Ziel vor Augen, auf das er unaufhaltsam zusteuerte. Langsam, bedächtig, nachdenklich, behutsam. Und dachte darüber nach, warum er zu dieser Frau lief. Warum war er bislang immer von Frauen fortgegangen und lief nun zum ersten Mal zu einer hin? Er wollte nicht sagen, dass er dieser Frau nachlief, das wäre ein falsches Bild. Im Grunde fragte er sich selbst, was ihn sich dieser Liebe so sicher machte. Aber die Sicherheit war da, und daran wollte er sich halten.

Er tauchte im Geiste zurück in die Vergangenheit, und ihm kam der Gedanke, dass ein Mann vielleicht erst lieben konnte, wenn seine Mutter gestorben war und die Erwartungen, die er jahrelang, jahrzehntelang glaubte, erfüllen zu müssen, nicht mehr existierten. Er dachte an die Frauen, die seinetwillen geweint hatten. Er hatte ihnen ein Bild von sich gezeigt, das nur zum Teil stimmte, weil er häufig etwas zur Schau gestellt hatte, dessen Wahrheitsgehalt nur zu einem geringen Prozentsatz Deckungsgleichheit mit seiner Seele und seinem Charakter hatte. War ihm das damals bewusst gewesen? Wahrscheinlich nicht, denn er hatte den Eindruck, sich selbst damals nicht besonders gut gekannt zu haben. Gleichzeitig wäre das aber auch die Voraussetzung zum Lieben gewesen.

In Göttingen kam er unmittelbar am Bahnhof vorbei und beschloss, dort Rast zu machen. Er schlenderte an den Gleisen und Bahnsteigen entlang und registrierte, dass er mit dem Zug in nur einer Stunde in Fulda sein könnte. In nur einer Stunde! Zu Fuß brauchte er etwa zehn Tage, vielleicht acht. Und obwohl sein Herz vor Sehnsucht zersprang, wollte er doch stur auf seiner Absicht beharren, sich Susan lieber langsam zu nähern. Die Sorgfalt verlangte nach Langsamkeit – das war zumindest sein Gefühl. Er wollte nicht flüchtig sein, er wollte nicht fliehen, er wollte sich mit großer Wahrhaftigkeit und Ernsthaftigkeit räumlich der Frau nähern, der er im Herzen schon so nah war.

Schon jetzt fühlte er, wie sein Inneres im Lauf dieser behutsamen Annäherung ganz ruhig wurde. Seine Seele, sein Herz – eine seltsame Kraft ging plötzlich von diesen beiden Kameraden aus, denen man so viel Sinnhaftigkeit zuspricht. Gleichwohl blieben sie doch Schimären. Simon beschloss, sich eine Weile in der großen Bahnhofshalle auf eine Bank zu setzen.

Wie viele ICEs, wie viele Züge fahren heute von hier aus nach Norden und Süden? Wie viele Schicksale saßen in den langen Stahl-Schlangen? Wie viele Menschen, die unbedingt rechtzeitig irgendwo ankommen wollten? Was hieß eigentlich rechtzeitig? Warum geht es immer darum, möglichst viel in den Tag zu packen? Hier, in Göttingen auf der Bahnhofsbank nahm Simon diese Arbeitswelt, an der er ja selbst Jahrzehnte lang teilgenommen hatte, wahr wie durch eine Milchglasscheibe. Die geschäftige Welt, die Welt der Reisenden oder besser, der Fliehenden, denn Reisen konnte man das wohl nicht mehr nennen. Für Simon war der Lebensspurt plötzlich auf Zeitlupe geswitcht – er »entdeckte die Langsamkeit« im wahrsten Sinne des Wortes.

Diese Langsamkeit und sein gesamter Weg zu Susan hatten große Symbolkraft – in gewisser Weise eine bahnbrechende Erkenntnis: Die Reise zu Susan stand auch deshalb im Zeichen der Langsamkeit, weil Susan Ruhe in sein Herz brachte! Damit musste er erstmal umzugehen lernen. Früher war er oft außer sich gewesen – durchaus wörtlich gemeint – und hatte sich der Hektik ergeben. Und nun war da plötzlich eine Frau, die das alles veränderte: Sie verlangsamte seine Zeit! Sie verteuerte sein Dasein. Sie machte seine Lebenszeit kostbarer, und das irritierte ihn.

Sein Leben lang hatte er sich darauf trainieren lassen, ein Ziel zu verfolgen und zu erreichen und wie ein Raubtier etwas nach Hause zu bringen: eine Beute, eine Habschaft, einen Besitz. Und plötzlich führte eine Liebe dazu, dass sich die Prioritäten wie von Zauberhand verschoben.

Nicht weit von ihm entfernt stand ein gelber Briefkasten, und Simon fragte sich unwillkürlich, wie lange es diese Briefkästen überhaupt noch geben würde? Vor einiger Zeit hatte er einen älteren Spielfilm mit Barbara Rudnik gesehen und sich darüber gewundert, wie ungewohnt der Anblick einer gelben Telefonzelle mittlerweile war. »Telefonzelle« – allein das Wort war ja schon ein Anachronismus aus einer Zeit, in der man zum Telefonieren noch an einen bestimmten Ort gehen musste. Und nun, in Zeiten von E-Mail, Digitalisierung und steter Verfügbarkeit, würde wohl als Nächstes der Briefkasten verschwinden – ein fast prähistorisches Relikt.

Simon begann den Briefkasten wie ein Privatdetektiv zu beschatten, der Angst hat, dass der Briefkasten vielleicht flieht. Oder als ob der Briefkasten Teil eines kriminellen Netzwerkes wäre. Vielleicht war diese gelbe Kiste das einsamste Requisit auf dem ganzen Bahnhof. Er wurde, solange er ihn beobachtete – und das war länger als eine Stunde –, kein einziges Mal aufgesucht. Er stand rum wie aus einer vergessenen Zeit, einer alten Welt. Wahrscheinlich hatte die Bundespost der Bahn garantieren müssen, dass eine gewisse Infrastruktur für Briefeschreiber, diese altmodische Spezies, noch aufrechterhalten werden musste.

Während er diesen Gedanken nachhing, wurde er eines Besseren belehrt. Er hatte eine romantische Vorstellung gehabt – die Alltagsrealität des Briefkastens sah weit weniger poetisch aus: Eine Bürohilfskraft kam, stellte einen Karton auf den Briefkasten und warf Umschläge, maschinell hergestellte Briefe, vermutlich Rechnungen, in groben Stapeln in den

Schlitz. Nein, der Briefkasten verschluckte sich heute eindeutig nicht an romantischen oder nachdenklichen Briefen, sondern an maschinell hergestellter Büropost. Das war Simons abschließende Erkenntnis einer Stunde intensiver Briefkastenbetrachtung.

Er ging den Bahnsteig entlang. Dort stand zu seiner großen Überraschung keiner dieser pfeilartigen Schnellzüge, die wie Waffen oder Rohrpost aussahen, sondern ein blau-gelber, zweistöckiger Regionalzug. Er fuhr nach Halberstadt. Simon kam erneut ins Grübeln, ob er seiner Verabredung mit sich selbst untreu werden und einfach einsteigen sollte, denn er liebte Doppeldecker-Züge. Oben an der Anzeigetafel las er, dass der Zug bis Halberstadt nur einmal halten würde. Für die Verbindung galt das als Vorteil, denn so kam der Zug schneller ans Ziel. Was wäre, wenn es im Gegenteil eine Auszeichnung wäre, wenn ein Zug besonders oft hielt? Undenkbar – dann hätte der Zug das Stigma unserer Zeit: Ein Zug mit vielen Zwischenstopps gilt als langsam. Fast so schlimm wie faul.

Simon beobachtete die ihm entgegeneilenden Menschen, die allesamt seinen Blick nicht suchten. Niemand lächelte, alle fühlten sich anscheinend wohl im Rahmen der Gesetze ihrer alltäglichen Effizienz.

Irgendwann begann der Bahnsteig schließlich Simon Angst einzuflößen: die Geräusche, die Hektik und die Art, wie die Menschen die Entfremdung durch die Technologien zuließen, die sie selbst erfunden hatten. Er tastete sich die Treppen vom Bahnsteig in die Bahnhofshalle hinunter und setzte seinen Marsch gen Süden fort.

Südlich des Göttinger Bahnhofs befand sich eine alternative Wohnsiedlung, die um diese Jahreszeit einen ärmlichen Eindruck machte. Beim Anblick der Gestalten dort, die auf ihre Weise genauso uniformiert wirkten wie die grauen Anzugträger der Wirtschaft, musste sich Simon unwillkürlich fragen, inwieweit der Mensch sein Leben selbst bestimmt – und wie groß der Einfluss der äußeren Umstände ist. Steuerten die Menschen ihr Leben erst dann selbst, wenn sie aufgaben, es steuern zu wollen? Hatte man erst dann Einfluss, wenn man begriff, dass die Winde, die das Lebensschiff lenken, der eigentliche Einfluss sind? Wenn man realisierte, dass neunzig Prozent der eigenen Entscheidungen schicksalsgesteuert waren und man vielleicht nur zu zehn Prozent ausgleichen konnte, was man meinte, ausgleichen zu müssen?

Susan bekam viel Post von Simon, deren Intensität sie irritierte. Sie fand es merkwürdig, dass er sich so tief mit dem Phänomen Liebe auseinandersetzte. Sie hatte große Mühe, ihm sein Gefühl zu glauben, und fand, er steigerte sich da in etwas hinein, das noch gar keine Wurzeln, kein Fundament hatte. War er verrückt? Ein Psychopath, ein Stalker, der sich in irgendwelche irrationalen Gefühle für sie verrannt hatte? Benutzte er sie nur für irgendwas? War sie eine Art Projektionsfläche für ihn?

Beklemmung machte sich in ihr breit, und sie fühlte sich bedrängt. Ihre eigenen Gefühle für ihn waren ihr ein Rätsel, aber sollte diese Kommunikationsflut wochenlang so weitergehen? Fast jeden Tag Briefe oder Postkarten in ihrem Briefkasten? Gleichzeitig stieg auch immer wieder eine irrationale Freude über Simons offensichtliches Interesse in ihr auf – wann hatte sich schon ein Mann zuletzt so ins Zeug gelegt?

Beim Einkaufen im Supermarkt stieß Susan gedankenverloren mit ihrem Einkaufswagen an einen anderen. »Sorry«, sagte sie, ohne hochzugucken.

»Keine Ursache«, sagte eine angenehme Männerstimme. »Ach, essen Sie die auch so gerne?«, fragte der Besitzer der Stimme und deutete auf die Single-Packung Mirácoli, die in Susans Einkaufswagen ein bislang noch alleinstehendes Dasein fristete.

»Was?«, fragte Susan verwirrt und blickte auf.

Der Mirácoli-Mann war mindestens zehn Jahre jünger als sie, hatte ein ausgesprochen hübsches Gesicht und flirtete sie eindeutig an. Wieder so eine Plattitüde, die offenbar stimmte: War man verliebt, flogen einem plötzlich alle Herzen zu. War man bedürftig, war alles versperrt. Aber war sie denn verliebt? Und wenn ja, würde sie diesen hübschen Kerl hier überhaupt eines zweiten Blickes würdigen? »Ja, ich bin süchtig danach«, antworte Susan. »Ich kaufe immer extra diese kleine Packung, weil ich sonst vier Portionen nacheinander essen würde.«

Ein hübsches Lächeln machte sich auf seinem Gesicht breit. »So geht's mir auch!« Er grinste sie aus seinem Dreitagebart heraus an, schaute ihr direkt in die Augen. »Darf ich Sie auf einen Kaffee einladen?«

Er durfte. Und er durfte nach dem Kaffee sogar noch mehr: Für den nächsten Abend war Susan mit ihm beim Italiener verabredet.

Brief von Simon an Susan, 5. November

Susan,

ich schreibe Dir heute in besonders heiterer Stimmung. Ich habe in den letzten Tagen so viel erlebt. Zum Beispiel war ich am Ufer der Fulda. Ich bin die Weser hochgelaufen Richtung Süden, Richtung Quelle, und dann irgendwann bei Hannoversch Münden habe ich mich für die Fulda entschieden statt für die Werra. Die Werra hätte mich in den Osten geführt, und die Fulda führt mich in Deine Richtung. Das ist kein bedeutender Fluss, er ist nicht mehr schiffbar. Jetzt ziehen hier nur noch kleine Kähne und Boote ihre Bahnen, aber keine Frachter, keine Schlepper mehr.
Ich kam mit einem alten Mann ins Gespräch. Er holte seine Frau dazu, und wie so vieles auf dieser Reise war es eine große Bereicherung. Reisen macht die Seele frei. Ich nehme mir Zeit und lasse mich auf die Menschen ein und bin immer wieder beglückt darüber, was man wortwörtlich mit auf den Weg bekommt.
Ich bin noch ganz erfüllt von dem Eindruck, den dieses alte Ehepaar am Ufer der Fulda bei mir hinterlassen hat. Diese

beiden alten Menschen lieben sich ehrlich und aufrichtig – bedingungslos und bis an ihr Ende. Genau das wünsche ich mir auch für uns beide.

Dein Simon

Diesen Brief hatte Simon am Abend in seiner Pension geschrieben. Sein Weg hatte ihn in ein kleines Dorf geführt. Ein alter Mann hatte sich an einem Bootssteg zu schaffen gemacht. Es wirkte, als reparierte er irgendwas, aber gleichzeitig sah es so aus, als wäre er einfach nur froh, beschäftigt zu sein. Simon war auf ihn zugegangen, aber der alte Mann hatte ihn erst wahrgenommen, als er unmittelbar hinter ihm stand. »Wollen Sie mich umbringen?« fragte er Simon und lachte dabei laut.

Simon entgegnete grinsend: »Nein, warum?«

»Weil Sie sich mir so leise genähert haben. Das tut man doch nur, wenn man nicht entdeckt werden will. Wo soll's denn hingehen?«

»Ich laufe«, antwortete er. »Ich laufe von Hamburg nach Zürich.«

Der alte Mann musterte ihn eindringlich und sagte spontan: »Das glaube ich aufs Wort. So wie Sie mich angucken, nehme ich nicht an, dass Sie Scherze machen. Haben Sie was dagegen, wenn ich meine Frau hole? Es kommt schließlich nicht alle Tage vor, dass jemand hier in Wahnhausen vorbeiläuft, weil er auf dem Weg von Hamburg nach Zürich ist.«

Er rief »Herta! Herta!«, und ein paar Sekunden später trat eine korpulente ältere Dame aus dem Haus, überquerte die Uferstraße und gab mir mit festem Druck die Hand. »Na, was gibt's denn?«

Darauf sagte der alte Mann, der sich als »Kurt« vorgestellt hatte: »Liebes« (er sagte wirklich ›Liebes‹!), »dieser Mann läuft gerade von Hamburg nach Zürich.« Er lächelte seine Herta an, und Simon fühlte sich im Stillen, als sei er plötzlich in einem Märchen gelandet – bei Kurt und Herta auf dem Land am Wasser.

»Aha«, sagte Herta. »Hat man Ihnen den Führerschein abgenommen?« Offenbar war sie sehr viel pragmatischer als ihr Kurt.

»Nein«, antwortete Simon, »ich laufe zu einer großen Liebe.«

»Och«, sagte Kurt trocken, »dann können Sie auch gleich hierbleiben! Viel größer kann eine Liebe gar nicht sein als die zwischen Herta und mir! Ohne meine Herta will ich keinen Tag lang sein.« Dabei legte er einen Arm um die Taille seiner Frau und sprach so heiter und mit lebensfrohem, prallem Gesicht, dass Simon sofort seine Gewissheit spürte. Ihn berührte diese schlichte, aufrichtige Art der Liebe. So einfach kann es sein.

»Kennen Sie Novalis?«, fragte er die beiden vorsichtig.

»Nee. Was soll das sein?«, antwortete Kurt mit fragendem Blick.

»Novalis ist ein deutscher Schriftsteller«, erklärte

Simon und kam sich dabei ein wenig altklug vor. »Und der sagte, ›Jeder Mensch ist eine Gesellschaft‹ oder besser ›Jeder Mensch ist eine kleine Gesellschaft‹.«

»Und wie kommen Sie jetzt auf den? Was meint der denn damit?«, fragte Kurt.

»Na ja, dass wir viele Facetten in uns haben und dass viele unterschiedliche Menschen in uns wohnen.«

Herta nahm Platz auf einer Holzbank. An ihrem neugierigen Blick war zu erkennen, dass sie ganz offensichtlich hoffte, dass Simon weiter erzählen würde.

»Sie glauben also, dass mehrere Menschen in mir wohnen?«, fragte sie und überprüfte den Gedanken. Sie legte ihn nicht gleich ab, so wie Kurt, sondern probierte den Gedanken, als würde sie einen Wein schmecken, und fuhr dann fort: »Das ist eine ganz interessante Überlegung von diesem Herrn, wie war der Name?«

»Novalis!«

Herta nickte.

»Und weil ich so viele Menschen habe, die in mir wohnen«, fuhr Simon fort, »muss ich mit denen eine Wanderung machen. Denn ich muss auf dem Weg zu dieser Liebe mit mir selber ins Reine kommen. Ich muss diese kleine Gesellschaft in mir miteinander versöhnen, so wie bei einer guten Familienaufstellung, wo man seine Ängste klärt und seine Hoffnungen definiert.«

»Na, dann laufen Sie mal weiter«, sagte Kurt, dem das jetzt offenbar zu philosophisch wurde.

»Nein!«, ging Herta dazwischen. »Möchten Sie eine Tasse Kaffee?«

»Gerne«, antwortete Simon, und so setzten sie sich mit Kaffee und Kuchen ans Ufer der Fulda und guckten versonnen auf den langsam gen Norden fließenden Fluss.

Plötzlich fragte Kurt: »Wenn Sie sich so sicher sind, dass das die große Liebe ist, können Sie denn mit dieser Frau auch lachen?«

»Ja sicher«, antwortete Simon.

»Das ist das Wichtigste«, sagte Kurt. »Wenn Sie mit dieser Frau nicht lachen können, dann sollten Sie hier Quartier nehmen und keinen Meter weiter Richtung Süden laufen. Ohne Lachen geht gar nichts.«

»Können Sie sich denn mit dieser Frau auch austauschen?«, wollte nun Herta wissen. »Können Sie Ihr das Innerste Ihres Herzens anvertrauen? Und was mir ganz wichtig ist: Können Sie Ihre Ängste mit dieser Frau teilen?«

»Oh doch«, sagte Simon, »ich glaube, das geht auch.«

»Warum lieben Sie diese Frau eigentlich?«, fragte Kurt.

»Ehrlich gesagt – ich weiß es nicht«, antworte er. »Ich habe sie in einem kleinen italienischen Restaurant in Hamburg-Winterhude getroffen. Sie betrat den Raum, bepackt mit einem Koffer und einer Tasche und fühlte sich unbeobachtet. Ich war in einem Hinterzimmer, guckte durch einen Türspalt, und als sie den Raum betrat, wusste ich, dass sich genau jetzt mein Leben verändern würde. Und ich kann Ihnen beim besten Willen nicht sagen warum. Ich bin weder Romantiker noch Fantast. Es war eine ganz ruhige, nüchterne und sehr bewegende Erkenntnis: ›Da kommt jemand, der dein Leben verändert!‹ Ich wusste es, aber sie hatte mich noch nicht einmal bemerkt.«

»Hach«, sagte Kurt, »das ist eine tolle Geschichte – aber keine einzigartige! Das ist nämlich nicht nur Ihnen passiert, junger Mann. Vor vierzig Jahren ist es mir mit dieser wunderbaren Frau ganz genauso ergangen.«

Herta lächelte geschmeichelt und nippte vorsichtig an ihrer Kaffeetasse.

»Und warum lieben *Sie* sich?«, stellte Simon die Gegenfrage, ohne einen der beiden konkret anzusprechen.

»Das ist ein Gottesgeschenk«, antwortete Herta entschieden.

»Genau wie Gesundheit«, führte Kurt Hertas Gedanken fort. »Für die Gesundheit kann man auch nicht viel tun, außer dankbar sein, wenn man gesund ist. In unserem Dorf sind wir vermutlich das einzige Paar, das sich wirklich liebt. Viele beneiden uns, und manchmal kommen Leute, denen es nicht so gut geht, auf eine Tasse Kaffee vorbei. Danach sind sie wieder für eine Weile friedlich, weil sie etwas von uns mitgenommen haben. Offenbar hat Liebe eine heilende Kraft. Und nach einer Weile kommen sie wieder, weil die Droge verblasst. Unsere Wirkung hält leider nicht ewig.«

»Euch müsste man verschreiben, wie ein Arzt ein gutes Medikament, sagen die Leute vom Dorf«, ergänzte Herta. »Aber das ist natürlich Unfug!«

»Was ist die Liebe?«, fragte Simon, den dieses Thema nicht mehr losließ. Einen Augenblick lang blickten alle drei schweigend auf das träge vor sich hin fließende Wasser.

»Die Liebe«, antwortete Kurt, »ist da, wenn du plötzlich Frieden mit dir selber schließt. Wenn die ganze Hektik, die Nervosität deine Seele und dein Herz verlässt. Die Liebe ist eigentlich wie ein kleiner Tod. Wenn du bei der Liebe ankommst, weißt du, dass du nicht mehr weiterlaufen musst. Aber du musst dieses Geschenk annehmen, umarmen und festhalten.«

»Ich wollte immer Cowboy oder Fernfahrer sein«, sagte Simon. »Der *lonesome rider*, der sich nie richtig bindet, weil er immer unterwegs ist.«

»Das kannst du jetzt vergessen«, sagte Kurt. »Wenn es wirklich die große Liebe ist, bist du genau noch diese Tage auf dem Wege nach Zürich alleine. Das wird etwa zwei Wochen dauern, schätze ich, und dann kommst du an und willst keine Minute mehr ohne sie verbringen. Dann geht eine Tür hinter dir zu.«

Simon schaute auf die Fulda wie auf ein Orakel, das Kurts Worte bestätigen könnte.

»Wollen wir was essen gehen?«, fragte Kurt mit Blick auf seine Armbanduhr. »Ich lade Sie ein.«

Simon nahm dankbar an. Es war Mittag, und sie gingen in den einzigen noch betriebenen Gasthof in dem kleinen Ort Wahnhausen. Keine großartige Küche, kein besonders schönes Gastzimmer, aber für ein Salamibrot, mit einer Gurke belegt, reichte es. Die Gurke sorgte dafür, dass das Brot etwas durchgesuppt war. Schön sah es nicht aus.

Sie tranken süßen Mosel-Wein, aßen das Brot und schauten versonnen der kroatischen Bedienung hinterher. Eine Frau in den späten Fünfzigern, die das Schicksal auf irgendeine Weise an diesen gottverlassenen Ort gespült hatte. Sie hatte ein Tattoo am Hals, kaute Kaugummi und mied jeden Blickkontakt. Kurt und Herta lächelten sie dennoch unverdrossen an. Keine Unfreundlichkeit der Welt, kein noch so unwirtlicher Platz warf diese beiden liebenden Seelen aus der Bahn. Als wären sie immun gegen jede negative Energie, und das wollte wirklich was heißen bei dieser Bedienung.

Nachdem sie gegessen hatten, gab Simon den beiden zum Abschied die Hand. Herta hielt sie ein paar Sekunden lang fest und sagte: »Vielleicht begleitet Sie meine Enkelin noch eine Weile. Die ist immer so neugierig und möchte gerne wissen, was hinter der Grenze des Dorfes ist. Es wäre nett, wenn Sie ein bisschen darauf schauen könnten, dass sie auch wieder zu uns zurückkommt, wenn Sie sich von ihr verabschieden.«

Simon versprach es, und wie aufs Stichwort hüpfte ein sechs- oder siebenjähriges Mädchen in die Gaststube und fragte ihn: »Woher kommst du? Was machst du? Wo steht dein Auto? Wo fährst du hin? Welchen Beruf hast du?«

Simon konnte das Fragen-Stakkato nicht auf einmal beantworten. Kurt kam ihm zu Hilfe und sagte: »Du kannst den Herrn zu Fuß bis zum Ortsschild begleiten, dann kommst du zurück.«

»Aber das Ortsschild ist doch nur einen knappen Kilometer von hier«, wandte das Mädchen ein.

»Ja genau, wir wollen auch nicht, dass du weiter wegläufst.«

Mit einem kleinen Schmollmund drehte sich das kleine Mädchen, das sich mit »Ich bin Dorothee« vorgestellt hatte, zu Simon um. Sie hatte einen frechen Blick und fragte völlig ungläubig: »Wohin läufst du denn? Hast du gar kein Auto?«

»Nein, ich gehe zu Fuß. Ich laufe nach Zürich.«

»Wo ist Zürich?«

»Sehr weit weg«, sagte er. »In der Schweiz.«

»Warum nimmst du dann keinen Zug? Oder ein Flugzeug?«

»Weil ich ganz langsam zu diesem Ziel kommen möchte«, erklärte Simon, ohne Hoffnung, dass sie diesen Grund wirklich verstehen würde.

»Aber die meisten Leute wollen doch immer schnell ans Ziel kommen. Warum du denn nicht?«

»Man möchte schnell am Ziel ankommen«, sagte er, »wenn man sich über alles vollkommen im Klaren ist. Aber man möchte nicht schnell ans Ziel kommen, wenn man die Zeit des Weges nutzt, um sich ein paar Gedanken zu machen.«

»Welche Gedanken machst du dir?«, fragte sie immer weiter.

»Ich mache mir Gedanken, ob ich eine Frau liebe.«

»Also wenn du so weit für sie läufst, dann liebst du sie. Dann musst du dir keine Gedanken mehr machen. Dann kannst du gleich in den Zug steigen und es ihr schnell sagen.«

»Nein«, erwiderte er, »ich möchte das nicht. Ich möchte ganz langsam gehen.«

Dorothee begleitete Simon eine Weile und war ein bisschen enttäuscht von ihm, das konnte er spüren. Denn natürlich passte er in kein cooles Format. Er entsprach in keinster Weise den Begegnungen, die sie aus dem Fernsehen oder von irgendwelchen Videospielen kannte. Sie lief kopfschüttelnd neben ihm her und sagte plötzlich einen Satz, der so altmodisch klang, dass er gar nicht zu ihr passte: »Du bist ein komischer Vogel!«

»Wo hast du das denn her?«, fragte Simon.

»Mein Großvater sagt das immer über Menschen, die er mag, aber irgendwie seltsam findet.«

»Der komische Vogel gibt dir jetzt zum Abschied die Hand«, sagte er zu ihr. Sie waren am Ortsschild angekommen, und er schickte das kleine Mädchen zurück zu seinen Großeltern.

Simon lief noch eine Weile die Landstraße entlang, die ihn Richtung Kassel führte, und nahm dann eine Abkürzung durch den Wald. In Wäldern hatte er immer das Gefühl, dort ein Zuhause zu haben. Er atmete erleichtert auf, es roch so gut, und er freute sich, dass noch einige Kilometer an einsamer Strecke vor ihm lagen.

Tagebucheintrag vom 7. November

Ich habe mir sehr genau überlegt, ob ich einen Arzt aufsuchen sollte. Keinen Therapeuten, sondern einen ganz normalen praktischen Arzt. Dem würde ich sagen: »Herr Doktor, ich weiß jetzt plötzlich, warum so viele Popsongs aus den Sechziger-, Siebziger- und Achtzigerjahren davon handeln, dass man sagt: ›Doktor, Doktor, helfen Sie mir, ich liebe eine Frau, ich glaube, ich bin irgendwie krank.‹« Das ist natürlich Quatsch, aber es ist doch was Wahres dran. Denn ich habe das Gefühl, dass ich, seit ich diese Liebe für Susan empfinde, nicht mehr derselbe bin. Ich bin irgendwie verzaubert und zu einem Menschen geworden, der sich als Gast auf dieser Welt empfindet; früher sah ich mich eher als ihr Inhaber. Oder zumindest als Aktionär der Welt-AG. Früher habe ich mir gar nicht vorstellen können, dass diese Welt weiter existieren könnte, wenn ich gestorben bin. Aber seitdem ich verliebt bin, weiß ich, dass die Welt auch ganz gut ohne mich auskommen wird. Woran liegt das? Ich bin maximal eine kleine Fußnote gewesen, ein Sandkorn. Das erheitert mich, aber es ermahnt mich auch, mit meiner Zeit sorgsam umzugehen. Die kleine Gesellschaft in mir, um noch

mal auf Novalis zurückzukommen, ist so etwas wie eine Selbsthilfegruppe geworden. Und die Teilnehmer dieser Selbsthilfegruppe fassen sich sanft, aber fest an den Händen und sagen: »Lasst uns das Leben genießen!«
Eigentlich habe ich das Gefühl, man wird doof, wenn man liebt, ein bisschen einfältig. Ich glaube, ein Mensch, der Angst hat, der sich Sorgen macht, der nach der eigenen Identität sucht oder versucht, mit seinen Neurosen umzugehen, schreibt interessante Texte und sagt kluge Dinge. Ein Mensch aber, der das Leben unbedarft schön findet, ist ein bisschen doof. So wie ich jetzt gerade ...

Tagebucheintrag vom 10. November

Am meisten mag ich auf dieser Reise die Abende. Am Nachmittag bin ich damit beschäftigt, zu überlegen, wo ich Quartier nehmen werde: bei einem Bauern, in einer Pension oder in einem besseren Hotel? Wenn es Abend wird, habe ich das Gefühl, etwas geleistet zu haben, schon allein weil mir meine Knochen, Glieder und Füße weh tun, denn sie sind so viel Bewegung nicht mehr gewohnt.
Ich nehme mir immer vor, nach dem Abendessen noch ein Glas Wein zu trinken, vielleicht auch zwei, aber kaum habe ich zum Essen das erste Bier genossen, überfällt mich eine bleierne Müdigkeit, so dass ich froh bin, mir den Weg von der Gaststube zu meinem Zimmer gemerkt zu haben. Die Müdigkeit ist so radikal, dass ich Orientierungsschwierigkeiten kriege, und die liegen nicht am Alkohol, sondern

einfach an der Erschöpfung. Aber dazu kommt ein enormes Glücksgefühl, das sich aus der Tatsache speist, Susan näher zu kommen – und auch mir.
»Und da sind wir wieder bei Hermann Hesse«, schrieb ich in einem Brief, den ich morgen an Susan aufgeben will, »der sagte: ›In einer Affäre verlieren wir uns, und in einer Liebe finden wir uns‹, da mag er Recht haben.«
Heute Abend habe ich die Menschen in der Gaststube beobachtet. Ein Ehepaar saß schweigend nebeneinander und aß. Ich habe mich immer gefragt, warum sich Ehepaare nebeneinander setzen und nicht einander gegenüber. Sie hatten das ganze Restaurant im Blick, kauten und sahen dabei auf eine entsetzliche Weise zufrieden aus. Ich ahnte, dass sich in dieser Ehe das Glück nach der Hochzeitsnacht langsam verabschiedet hatte. Die Erwartungen aneinander waren wahrscheinlich mittlerweile so gering, dass beide sogar sagen würden: »Ja, wir sind glücklich.« Aber welches Glück meinen sie?
Ich glaube, dass manche Ehen nur deshalb funktionieren, weil alle Erwartungen so runtergeschraubt werden, dass kaum mehr Raum für Enttäuschungen ist. Das ganze Leben ist schon so mau und schal, da fällt der Ehepartner gar nicht mehr besonders auf.

Tagebucheintrag von Simon, 13. November

Ist man nicht irgendwann auserzählt? Haben die Kritiker nicht Recht, die einem vorhalten, man habe nichts mehr zu erzählen – ob als Autor, Sänger oder Schauspieler? Haben wir nicht alle eines Tages nicht mehr viel zu sagen? Ist Liebe nicht die unendliche Begierde, dem anderen zuhören zu wollen, sich dem anderen zu stellen? Ich will nicht sagen, sich dem anderen zu unterwerfen, aber doch sich dem anderen zu näheren, indem man endlich aufhört, selbst der Impulsgeber sein zu wollen?

Susan empfand gar nichts. Raoul streichelte ihre Hand, strahlte sie an und machte ihr ein Kompliment nach dem anderen, aber Susan sah und spürte nur grau. Farblos, geschmacklos, emotionslos. Wie konnte das sein, dass sie GAR NICHTS fühlte? Bei ihrem Lieblingsitaliener war es nett, gemütlich und köstlich wie immer. Aber unglücklicherweise fuhr ihr Zucchero mit seiner *Domenica* dazwischen. Da war es wieder, und mit dem Lied auch Simon in ihrem Kopf.

Also versuchte sie sich mit Rotwein in Stimmung zu bringen. Sie musste doch in Fahrt zu kriegen sein, verflixt noch mal! Raoul erzählte von seiner Arbeit als Web-Designer, seinen Reisen nach Miami und Thailand, von all den Dingen, über man die man spricht, wenn man sich gerade kennenlernt. Aber Susan langweilte sich dabei so sehr, dass sie den gesamten Brotkorb leeraß. Er saß ihr direkt gegenüber, aber von ihrem Herzen war er tausende Kilometer entfernt.

Schöne Verpackung, nichts dahinter? Oder lag es an ihr? War ihr Herz jetzt restlos versperrt? War sie autistisch geworden? *Emotionally disabled?*

Eigentlich war er sehr sympathisch, und es wäre ein netter Abend gewesen, wenn sie sich darauf hätte einlassen können. Raoul begleitete sie nach Hause, und Susan machte einen letzten Versuch. Sie küssten sich vor ihrer Haustür, aber bei Susan tat sich gar nichts, obwohl er gut küsste, sehr gut sogar. Erschrocken über ihre über Nacht gekommene Gefühllosigkeit, schickte Susan Raoul nach Hause.

Ernüchtert lag sie wenig später allein im Bett und dachte nach. Warum sträubte sie sich so sehr gegen Simons Liebe? War es tatsächlich noch immer wegen Guido, dem Plünderer ihres Herzens und Kontos? War sie einfach nur feige? Oder waren das noch alte Wunden aus der Kindheit? Weil ihr Vater die Familie verlassen hatte, als sie sechs Jahre alt war und Susan drei Monate lang kein Wort mehr gesprochen hatte, wie ihr ihre Mutter später erzählt hatte?

Musste sie erst eine Therapie machen, um Simon lieben zu können? Musste Liebe nicht eigentlich einfach von alleine kommen – ohne, dass man ihr mit Hilfe etlicher Spezialisten ein Feld bereitete? »Die Liebe ist eine Himmelsmacht«, hatte ihre Oma immer gesagt. Und auch Susan stellte sie sich eher als Naturgewalt vor, gegen die man machtlos war. Eine Flutwelle, die einen einfach mit sich riss – und nicht ein zartes, kränkliches Pflänzchen, das man unter einer Glasglocke hochpäppeln musste.

War Simon eine Naturgewalt?

Verzweifelt schlug Susan das Osho-Buch auf und

landete genau in dem Kapitel, über das sie schon im Flugzeug gestolpert war: »Liebe tut weh – und andere Missverständnisse«:

»Liebe tut keinem jemals weh«, stand da. *»Wenn du das Gefühl hast, dass dich Liebe verletzt hat, dann ist es etwas anderes in dir, nicht die Liebe, die dir weh tut. Solange du dies nicht erkennst, drehst du dich immer wieder im selben Kreis.*

(...)

Liebe ist ein spirituelles Phänomen; Begierde oder Lust ist rein körperlich. Das Ego ist psychisch; Liebe ist spirituell. Du wirst das ABC der Liebe lernen müssen. Du musst noch einmal von Anfang an beginnen, musst bei null anfangen, sonst wirst du immer wieder verletzt. Und bedenke, dass nur du dir helfen kannst; niemand sonst trägt die Verantwortung.«

Susan hatte plötzlich Tränen in den Augen und tat sich selbst furchtbar leid. Der Weg in ihr Herz war über achthundert Kilometer lang, und Simon ging ihn. Zu Fuß.

»Liebe erlaubt Freiheit«, las sie weiter im Kapitel »Der Austritt aus dem Club der einsamen Herzen«.

»Liebe, aber nicht aus einem Bedürfnis heraus, sondern weil du etwas teilen willst. Liebe, aber erwarte nichts – gib deine Liebe. Liebe, aber vergiss nicht, dass deine Liebe nicht zum Gefängnis für den Anderen werden darf. Liebe, aber sei sehr achtsam damit, denn du bewegst dich auf heiligem Boden.

Du begibst dich in den höchsten, reinen und heiligsten

Tempel. Lass alle Unreinheiten außerhalb dieses Tempels zurück.«

Puh, das klang anstrengend. Und streng. Wollte sie das?

Im Kapitel »Seelengefährten oder Zellengenossen?« stand:

»Die Hölle entsteht dadurch, dass man den Himmel erwartet.«

Und wenn man – so wie Susan – die Hölle erwartete? Wurde es dann im Umkehrschluss automatisch der Himmel? Das Wort »Seelengefährte« klang in ihr nach: Könnte Simon ihr Seelengefährte sein? Wäre es nicht wunderschön, so jemanden zu haben? Vielleicht war ein Leben zu zweit doch schöner als alleine?

Aber was mochte sie eigentlich an ihm? Seine klare, eindeutige Entschlossenheit, was sie selbst anging. Er hatte Witz und Humor. Seinen Charme. Seine Weisheit, seine Tiefe und Ehrlichkeit. Seine Stimme, seine Hände – und auch seinen Geruch. Sie fühlte sich wohl, wenn sie an ihn dachte. Vermisste sie ihn jetzt etwa?

Simon wurde von Zweifeln und Ängsten geplagt. War diese ganze Unternehmung hier völlig idiotisch? War es dumm gewesen, sich vorzunehmen, nicht mit ihr zu telefonieren? Wie realistisch war die Möglichkeit, dass sie ihn mit einem Espresso erwartete? Manchmal bekam er Angst vor seinem eigenen Mut, vielleicht redete er sich diese ganzen Gefühle ja auch nur ein? So viele Gedanken gingen ihm auf seinem Weg täglich durch den Kopf …

Seitdem er ihr Meter für Meter näher kam, erschien ihm alles so kostbar, dass er manchmal schon Angst um sein eigenes Leben hatte. Sorgsam setzte er einen Fuß vor den anderen, weil er plötzlich fürchtete zu fallen, was völlig lächerlich war. Plötzlich wollte er sein Leben so lange dehnen, genießen, mit Erlebnissen füllen, weil das Bewusstsein über die Endlichkeit bei ihm eine Freude freisetzte, die ihm selbst fast unheimlich und manchmal auch unsympathisch war.

Er notierte sich:

Als ich noch Zielen nachjagte, habe ich mir keine Gedanken über mich gemacht. Das war eine bequeme Zeit. Unreflektiert zu sein ist sehr komfortabel, und die falschen Ziele zu haben ist sehr einträglich.

Brief von Simon an Susan, 15. November

Liebe Susan,

weißt du, ich habe bemerkt, dass die Zeit viel langsamer verrinnt, wenn man liebt. Ich hätte das Gegenteil vermutet. Die Zeit vergeht sehr, sehr langsam, wenn man sich verschenkt.
Eine Liebe, so sagte man mir, soll alltagstauglich sein. Was ist denn das? Warum soll eine Liebe denn im Alltag taugen? Eine Liebe verdrängt den Alltag, eine Liebe macht aus dem Alltag etwas völlig anderes, etwas, das noch nie da gewesen ist. Es ist der Unsinn, den man leben möchte. Und der Unsinn ist das Gegenteil von Alltag.
In Gedanken stets bei dir,

Dein Simon.

Simon durchquerte einen dichten Wald und schritt über sumpfige, federnde Wege. Heute war er schon länger unterwegs als sonst, und es fühlte sich beinah an, als würde ihn das Gehen berauschen, wie ein angenehmer Schwindel. Die Sonne bohrte sich durch das Astwerk, und er hatte plötzlich unbändige Lust zu tanzen. Wie Alexis Sorbas schritt er den Waldweg ab, in sich versunken, und machte ein paar Tanzschritte. Er war reich beschenkt, und seine Füße schienen den duftenden Waldboden gar nicht mehr zu berühren. Er schwebte durch das Dickicht, tanzte in sich versunken, dachte an Susan und daran, dass sein Leben zum Schreien schön geworden war. Wäre ein Förster oder ein ahnungsloser Wanderer vorbeigekommen – er hätte ihn sofort zum Tanzen aufgefordert. Wahrscheinlich hätte der die Polizei geholt und ihn für nicht zurechnungsfähig erklärt …

Am liebsten hätte er eine kleine Holzbühne mitten auf die Lichtung gestellt. Dann könnte er seine Runden drehen auf dieser Bühne mitten im Wald … Er nahm einen Ast, schritt ein Quadrat ab und ritzte vier Linien in den mit Laub bedeckten Boden – seine imaginäre Bühne plus imaginärem Bühnenrand. Simon nahm sich vor, so lange zu tanzen, bis die Blätter entweder im Boden festgetreten waren oder sich durch den Wind seines Mantels davongemacht hatten.

Er wollte keinem Anspruch mehr genügen, und es war ihm völlig egal, was andere dachten oder was er selber meinte, an Eindruck hinter lassen zu müssen. Endlich ausgelassen sein, loslassen, fallen lassen. Susan hatte ihm Flügel geschenkt. Er hatte das Gefühl, mit den Gesetzen der Schwerkraft nicht mehr viel zu tun zu haben. Sogar der Sensenmann würde ihn einladen und ihm sagen: »Wissen Sie, ich bin der Tod. Normalerweise komme ich ohne Vorwarnung und von hinten. Aber in Ihrem Fall möchte ich das nicht. Bedenken Sie, allzu lang wird es nicht mehr dauern, bis ich komme. Aber bitte keine Eile! Tun Sie noch die Dinge, die Sie tun wollen. Und dann werden wir gemeinsam unseren Weg gehen.«

Er war bereit, selbst so endgültige Dinge wie den Tod in sein Leben zu integrieren, weil diese Liebe ihm Kraft und Energie gab. Sie hatte ihn verzaubert, und er hatte sich auf diesen Zauber eingelassen. Mit Susan wollte er alles machen, alles ausprobieren, alles erleben. Er fühlte sich wie berauscht von dieser Euphorie, in die er sich hineingetanzt hatte, und war jetzt voller Unternehmungslust.

Wenn sie seine Gefühle erwiderte, wollte er mit ihr einen Weinberg kaufen oder eine Kaffeeplantage abernten. Er hatte zu all den Dingen Lust, die in einem geordneten Leben keinen Platz fanden. Sie hatten so viel zu teilen, so viel auszutauschen, so viel, das sie sich empfehlen und berichten konnten! Er wollte mit ihr die Welt umrunden und gleichzeitig eine Heimat finden. Er wollte mit ihr reisen und gleichzeitig verweilen. Er wollte mit ihr trinken und gleichzeitig fasten, um möglichst lange zu leben. Er hatte die Arme weit ausgebreitet, streckte seine Brust diesem Leben entgegen und hätte jauchzen können vor Glück.

Mit ihr war er wissbegierig und vor allem gefühlsbegierig, als hätte er plötzlich eine junge Seele. Das erstaunte ihn, empfand er sich doch eigentlich als eine alte Seele, wie man im Buddhismus sagen würde. Nicht pessimistisch, keineswegs, aber doch skeptisch.

Bei all den Frauen in seinem Leben war er stets erleichtert gewesen, wenn sie mal für ein Wochenende wegfuhren. Gar nicht böse gemeint, er hatte es einfach genossen, alleine durchatmen zu können. Susan aber wollte er nicht mehr verlassen. Sie immer festhalten und sich dann gemeinsam mit ihr fallen lassen, wie bei einem Tandemsprung – um das Gefühl des Festhaltens im freien Fall zu erleben. Es schien ihm das Experiment wert, und »Experiment« war auch das Schlüsselwort seiner Verfassung. Er hatte jede Verkarstung, jede Verhärtung verloren und war berauscht von seinem Weg und seinem Ziel.

Er erreichte ein Dorf in Südhessen, im Umkreis von Frankfurt – nicht sehr schön, denn die Bausünden der Siebzigerjahre waren noch nicht ausgemerzt worden. Dennoch war es auf spießige Weise gemütlich.

Er ging in einen Schreibwarenladen mit Lotto-Annahme, sah sich um und kam mit dem Inhaber ins Gespräch, einem Mann in den Sechzigern, wahrscheinlich türkischer Abstammung.

Viel Geld hatte er offenbar nicht, denn der Anzug war abgetragen, aber sauber und akkurat gebügelt. Der Mann hatte eine Strickkrawatte umgebunden, ein Accessoire, das man heute wirklich nicht mehr trug; bei ihm aber wirkte es irgendwie seriös. Er war einer dieser Zeitungsverkäufer, der die Zeitung, bevor er sie auf den Tresen legte, noch einmal faltete, so dass der Übergabe etwas Feierliches innewohnte. Ein Zeitschriftenhändler mit Prinzipien sozusagen.

Sie sprachen über dieses und jenes, und Simon erkundigte sich, ob er zu knapsen hatte, wie viele seiner Zunft, weil die Menschen immer weniger auf dem Papier lasen und nur noch vor dem Computer saßen.

»Ach, wissen Sie«, sagte er, »wenn Sie Menschen unter vierzig treffen möchten, dann sind Sie in meinem Laden falsch. Die kommen nicht mehr. Aber die Älteren, über fünfundvierzig, die kaufen noch Zeitschriften und Zeitungen.«

Simon fiel der große Ehering am Finger des Mannes auf. »Sind Sie stolz auf Ihre Ehe?«, fragte er den Mann spontan.

»Warum?«

»Weil Sie einen so großen Ehering tragen! Er ist nicht dünn und fragil, sondern stark und robust.«

»Robust – genau das ist das Wort«, freute sich der Mann. »Ich bin mit meiner Frau seit vierzig Jahren verheiratet. Wenn Sie so wollen, ist meine Ehe robust. Man kann ihr nichts anhaben. Aber ich habe sie auch nie riskiert. Das würde ich auch nie tun, und heute bin ich ohnehin zu alt für solche Sperenzien.«

»Bereuen Sie etwas?«, fragte Simon.

»Na ja«, antwortete der Mann. »Wenn ich die Uhr zwanzig Jahre zurückdrehen könnte und noch einmal vierzig wäre, dann würde ich vielleicht etwas unvernünftiger sein und meine Ehefrau davon überzeugen, auch weniger vernünftig mit mir zu sein, denn ich hätte diese Unvernunft gerne mit ihr geteilt. Aber wir kamen damals aus Anatolien und mussten eine Existenz aufbauen, und da haben wir in erster Linie Sicherheit gesucht.« Der Mann schaute ins Leere und seufzte.

»Aber wenn ich Ihnen einen Rat geben darf«, fuhr er fort. »Sie sind ja ein bisschen jünger als ich. Machen Sie Unsinn!« Er lächelte Simon an. »Möchten Sie einen Mokka?«

Simon sagte sofort ja, und der Mann ging nach hinten und bereitete zwei türkische Mokkas zu. Als er mit den kleinen Tassen zurückkam und Simon eine davon reichte, sagte er: »Das passiert ganz selten, dass ein deutscher Kunde ein bisschen Zeit hat und plaudern möchte. Wie schön. Was machen Sie? Ich habe Sie noch nie hier gesehen.«

»Ich wandere von Hamburg nach Zürich«, antwortete Simon.

»Sie wandern von Hamburg nach Zürich?«

»Ja!«

»Ich hätte die Frage kein zweites Mal zu stellen brauchen«, sagte der Zeitungsladen-Besitzer lächelnd. »Man muss ja nur Ihren wild entschlossenen Blick sehen! Was treibt Sie an?«

»Na, raten Sie mal«, entgegnete Simon grinsend.

»Dann wird es wohl die Liebe sein. Sie haben so eindeutig nachgefragt, und wenn ein Mann hunderte von Kilometern durch Deutschland zu Fuß geht, dann tut er das entweder, um sich selber zu finden, oder für eine Frau. Oder beides.«

»Da haben Sie den Nagel auf den Kopf getroffen.« Verblüfft schaute Simon den türkischen Philosophen an und wunderte sich im Stillen über seine Menschenkenntnis.

»Sie muss es ja ordentlich erwischt haben. Die Frage ist nur wie sehr. Wollen Sie mit dieser Frau alt werden?«, fragte der.

»Erstmal möchte ich mit ihr jung bleiben«, antwortete Simon.

»Seien Sie kein Romantiker.«

»Doch!«, widersprach Simon. »Ich möchte ein Romantiker sein. Was ist denn so schlimm an Romantik? Vielleicht brauchen wir viel mehr Dichter, Schauspieler und Bildhauer als Paragraphenreiter in der Politik.«

»Dann ginge es drunter und drüber«, sagte der türkische Zeitungsverkäufer schmunzelnd.

»Aber das tut es so doch auch. Lassen Sie uns doch mal den Unvernünftigen das Vertrauen geben! Die formulieren dann vielleicht endlich die Ideen, zu denen uns sonst der Mut fehlt.«

Der Zeitungsverkäufer lächelte nachsichtig und machte der Diskussion damit sanft ein Ende, als hätte er eingesehen, dass ihre Meinungen einfach zu verschieden waren, um auf einen Nenner zu kommen. Simon musste unwillkürlich an Abdul in Hamburg denken, der dieses ganze Konstrukt der Liebe ähnlich rational betrachtete und Romantik für Firlefanz hielt.

Versonnen trank Simon den letzten Schluck des süßen Mokkas aus und verabschiedete sich herzlich von dem Mann, der ihm noch lang nachblickte, während er die Straße hinabging.

Brief von Simon an Susan, 18. November

Geliebte Susan,

je näher ich Dir komme, desto sicherer bin ich mir, dass ich mich in dieser Liebe neu erfinden muss. Ich muss die Schichten abtragen, die mich wie ein Panzer umgeben und Teil meiner Persönlichkeit geworden sind. Es ist nicht leicht, den schmalen Grat zu finden, wo die Verpackung aufhört und die Person anfängt. Das wächst mit der Zeit zusammen, als würde die Verpackung in die Haut hineinwuchern. Irgendwann, wenn man liederlich mit sich selbst umgeht, wird die Verpackung des eigenen Selbst ein Teil der Persönlichkeit, die dadurch nichts dazugewinnt, sondern nur dezimiert wird.
Ich gehe vor Dir auf die Knie, denn ich verspreche mir Erlösung von Dir. Das ist in einer unbeschreiblichen Weise arrogant, fast erdrückend, ich weiß. Wie kann man sich von einer Geliebten Erlösung versprechen? Eine Geliebte darf keine Therapeutin sein. Aber eine Geliebte kann zuhören und ein Spiegel sein bei der Suche nach sich selbst.

Ich fliehe vor dem antrainierten Leben, das ich über Jahrzehnte geführt habe. Ich weiß gar nicht mehr so richtig, wer ich eigentlich bin. Im Bruschetta weiß ich das. Dort hat alles seinen Platz. Jeder dort weiß genau, was er zu tun hat. Das empfinde ich als ungeheuer beruhigend. Es sind flüchtige Begegnungen mit Oberkellnern, mit Sandro, dem Inhaber, mit anderen Stammgästen, die ja vielleicht auf einem gemeinsamen Lebensstil oder sogar auf einer gemeinsamen Auffassung vom Leben beruhen.

Ist das Bruschetta nicht vielleicht sogar ein großes Verdi-Opernbild? Mit Musik, mit Hauptdarstellern, mit Nebendarstellern, mit kleinen Flirts, mit Begegnungen? Wäre nicht die Welt einfacher zu begreifen, wenn sie eine einzige italienische Trattoria wäre? Was für ein lächerlicher Gedanke, und doch stimmt er vielleicht.

Ich möchte nicht den lapidaren Satz meiner Mutter hier wiedergeben: Männer und Frauen passen eigentlich nicht zusammen – das ist ein abgedroschenes Klischee. Aber warum müssen sie denn überhaupt zusammenpassen, um sich lieben zu können? Und was heißt schon zusammenpassen? Müssen sich Liebende wirklich so nahtlos zusammenfügen? Sie müssen zusammen lachen, lächeln, einander streicheln, aber müssen sie zusammenpassen? Ich glaube nicht. Passen wir zusammen? Wenn ich in Zürich ankomme und du sagst: »Ich möchte, dass du bleibst!« –, heißt das dann, dass wir zusammenpassen? Nein, das glaube ich nicht, sondern dass wir uns aufeinander einlassen möchten. Dass wir die Begierde haben, einander zuzuhören.

Schippst du Schnee im Winter? Ich nicht, denn dann werden

die Fußgänger mit ihren Schuhen wieder hörbar. Ich mag es, wenn der Schnee den Schall schluckt, ich mag ohnehin Dinge, die den Schall schlucken. Ich mag keinen Krach, mag keine Geräusche, keinen Lärm.
Ich möchte der Geschwätzigkeit entrinnen, der Tyrannei der Bedeutungslosigkeit. Ich möchte in eine Koalition der Stille eintreten. Ich möchte, dass überall mal die Klappe gehalten wird. Wie schön wäre es, wenn die ganze Nation, vom Parlament bis zu dem Fernsehgerät, einfach mal schweigt?
Wir leben in einer Zeit der lärmenden Liebe, der aufsässigen Sexualität. Die Stille hat ihren Platz verloren in unserer Mitte, und ich suche wieder nach der Stille – mit Dir, in Dir. Und damit meine ich nicht, dass wir nicht albern sein können. Überhaupt nicht.

Dein Simon.

Susan ging am Ufer des Zürichsees spazieren. In Gedanken war sie ohnehin viel bei Simon und hatte sich gefragt, wie es sich wohl anfühlte, wenn er ging, wollte dem Geheimnis seines Laufens auf die Schliche kommen. Sie ging schnell, spürte ihre Beine, das Spiel ihrer Muskeln und sog die frische Luft ein. Sie fühlte die Durchblutung ihrer Wangen, ihren Herzschlag. Schritt auf Schritt auf Schritt. Immer weiter. Rhythmisch wie der Takt ihres Herzens. Susans Bewegungen automatisierten sich und ließen den Gedanken in ihrem Kopf freien Lauf.

Was konnte sie tun, um Simon ihr Herz zu öffnen? Was hatte sie in der Vergangenheit getan? Und wollte sie das wirklich?

Sie musste sich selbst eingestehen, dass sie sich auf ihre Beziehungen nie wirklich eingelassen hatte. Es waren durchaus lange Beziehungen gewesen, aber bis auf Guido hatte sie es immer geschafft, am längeren Hebel zu sitzen, ein Hintertürchen offen zu halten, aus dem sie bei Bedarf verschwinden konnte. »Einer liebt immer mehr« – Susan war das nie gewesen. Und wer emotional nicht so tief drinhängt, blutet am Ende auch nicht. Sie hatte sich stets von Anfang an gegen das Ende gewappnet, hatte eine Art Gütertrennung mit der Liebe vereinbart. Und nun hatte sie den schrecklichen Verdacht, sich damit das Schönste an der Liebe genommen zu haben. »You can't win, if you don't play.« Susan hatte nie gespielt, hatte nie etwas riskiert. Und dass Guido sie so verletzt hatte, lag im Grunde auch weniger an ihrem Gefühl für ihn als vielmehr an der Demütigung, von ihm ausgenutzt und verlassen worden zu sein.

Kinder aus gescheiterten Beziehungen seien oft selbst beziehungsunfähig, sagt man. Sie als Scheidungskind wollte das nie glauben, hatte versucht, ihre Beziehungen »vernünftig« zu führen. Einmal hatte sie sogar eine Paartherapie begonnen, die vielversprechend angefangen hatte, am Ende aber doch nur eine Absolution war, dem anderen alle Vorwürfe vor die Füße zu knallen, die sich über die Jahre so angesammelt hatten. Nach fünf Therapiestunden waren Michi und sie zerstrittener denn je und hatten Schluss gemacht.

Wie bekam man Vertrauen zurück? War Vertrauen eine bewusste Entscheidung? War es eine Frage des »Sichüberlassens«? Des »Sichergebens«? Sie stieg ja auch bewusst in den Flieger, trotz der Gefahr abzustürzen – warum also sich nicht auch auf die Liebe einlassen, trotz der Gefahr, verletzt zu werden?

Susan lief immer schneller. Sie wollte sich spüren.

Wollte endlich überhaupt mal *irgendwas* spüren – und sei es ihre heftig atmende Lunge.

Sie lief im Rekordtempo – und merkwürdigerweise lächelte sie dabei …

Simon wollte Susan alles mitteilen. Er beschrieb, wie er sich das Leben mit ihr vorstellte. Seine eigene, ganz spezielle Definition von Glück hing mit dem Marktplatz von Montforte D'Alba in Italien zusammen. Auf diesem Marktplatz hatte er oft gesessen, alleine oder mit seiner früheren Frau, und er hatte immer den Eindruck gehabt, dass hier eine Form von Frieden herrschte, die er an anderen Orten nicht im Stande war zu finden.

Er liebte es, die Menschen zu beobachten, und besonders mochte er ein bestimmtes Haus. Das Haus freilich konnte er sich nicht leisten, er hatte es auch gar nicht erst versucht. Aber er malte sich aus, dass dieses Haus ein guter Ort für Susan und ihn wäre. Sie würden sich dort eine Bibliothek einrichten, die nur aus Gedichten über die Liebe oder Liebesromanen bestünde … Eine Bibliothek der Liebe.

Simon war sich sicher, mit Susan endlich die Zeit zu finden. Er hatte die Zeit nie gefunden, denn die schien ihm ein schwieriger Partner zu sein. Immer wieder hatten ihn Freunde oder Frauen ermahnt: »Komm doch endlich mal zur Ruhe!« Aber er hatte das nie gewollt. Er war immer fest entschlossen gewesen, sich keine Energie mehr absaugen zu lassen.

Aber mit dieser Frau an seiner Seite konnte es ihm gelingen, nach seinen Bedürfnissen zu leben – ohne schlechtes Gewissen. Schöne Dinge entstehen zu lassen, ihnen Zeit zu geben.

Simon wusste nicht mehr, wo er ging. Irgendein Wald, irgendein Feld. Er hatte sich einen kleinen Kompass in die Tasche gesteckt, und alles, was ihn interessierte, war, dass er sich in Richtung Süden bewegte. Nach drei Wochen Wanderschaft hatte er eine gute Kondition, schaffte wesentlich mehr Kilometer am Tag als noch am Anfang seiner Reise. Er hätte große Lust gehabt, sich auf den Waldboden zu werfen und sein Gesicht ins Laub zu wühlen. Denn auf die Euphorie folgten auch immer wieder sehr beschwerliche Tage, an denen ihm die Füße schmerzten und er gänzlich die Lust daran verlor, weiterzugehen. Ihn überfielen Mutlosigkeit und Zweifel – was, wenn Susan ihn nicht mit offenen Armen und einem Glas Wein empfing? Aber immer wieder raffte er sich auf.

Er dachte darüber nach und schrieb ihr auch, dass es ihm gut ging, verschwieg aber auch nicht die dunklen Tage. Denn immer wieder offenbarte ihm dieser sehr intime Dialog mit sich selbst Dinge, die erst verarbeitet werden mussten. Jahrzehntelang hatte er Funktionen bekleidet. Und er selbst, seine Persönlichkeit, war dahinter zurückgetreten. Kürzlich hatte er seinen Kleiderschrank ausgemistet und Hosen und

Pullover weggeworfen, die er in dieser Zeit, als er nicht sich selbst gehörte, gekauft hatte. Man hätte diese Kleider gut behalten können, sie waren gut in Schuss. Aber er roch noch den Angstschweiß an ihnen. Diese Stoffe hatten ihn ängstlich erlebt – und deshalb mussten sie jetzt weg. Er wollte nie wieder ängstlich sein.

Postkarte vom 20. November

Susan,
Du hast Angst davor, verletzt zu werden. Du hast Angst vor Kontrollverlust, Du hast Angst, dass eine große Liebe Dich vielleicht wie in einem Gebäude einmauert und Du nicht mehr Herr Deines Lebens bist. Ich habe diese Angst nicht, sie kommt mir gar nicht in den Sinn. Ich hatte in der Vergangenheit immer Angst, Erwartungen nicht zu erfüllen. Wenn ich jetzt über diese Zeit nachdenke, fühlt es sich an, als spräche ich über mich wie über einen Fremden.

Dein Simon

Der Spaziergang am Zürichsee hatte Susan gutgetan, aber ihr auch bewusst gemacht, dass sie abwarten musste, nicht agieren konnte. Eigentlich wollte sie selbst entscheiden, wann und ob Simon wieder in ihr Leben trat. Dass sie zum Warten verdammt war, machte Susan unsicher. Sie musste Karen anrufen.

»Karen, ich überlege, Simon entgegenzugehen.«

Pause am anderen Ende der Leitung.

»Spinnst du?«, fragte Karen schließlich. »Ich dachte, dir liegt gar nicht so viel an ihm – und jetzt willst du plötzlich eine Pilgerreise antreten?«

»Ich habe gemerkt, dass ich es schön finde, zu gehen«, antwortete Susan.

»Ganz prima, Herzchen. Aber solltest du nicht lieber merken, ob du ihn liebst, oder nicht?«, sagte Karen mit unüberhörbar sarkastischem Unterton.

»Das würde ich dann ja vielleicht«, sagte Susan.

»Geht's noch?«, empörte sich Karen. »Du willst ihm entgegengehen und hoffst dadurch herauszufinden, ob du ihn liebst? Du hast einen Knall!«

Susan schwieg.

»Weißt du denn überhaupt, wohin du laufen musst?«, fragte Karen pragmatisch.

»Nein«, sagte Susan. »Aber auf jeden Fall nach Norden …«

»Du müsstest ihn also anrufen und fragen, wo er ist«, stellte Karen nüchtern fest.

»Ja«, sagte Susan.

»Das ist doch bescheuert«, sagte Karen. »Dann kann er ja nur denken, dass du ihn furchtbar vermisst. Außerdem entzauberst du damit die ganze Geschichte. Ich fürchte, du wirst dich mit dem Warten arrangieren müssen, Süße.«

»Hmpf«, machte Susan und legte auf.

Karen hatte Recht. Warten gehörte eindeutig zu den Dingen, die sie noch lernen musste.

Simon dachte darüber nach, welche Rolle der Altersunterschied zwischen zwei Menschen spielte, die sich lieben. Kürzlich hatte er mit einer Frau Anfang sechzig gesprochen, deren Lebenspartner dreißig Jahre jünger war. Simon hatte versucht, zu ergründen, was diese beiden Menschen verband.

Die Frau erklärte es ihm: »Ich habe alles aufgegeben, was in meinem Leben falsch war, und nicht erwartet, dafür belohnt zu werden. Natürlich hatte ich Hoffnungen und Erwartungen, aber ich habe mich immer davor gehütet, darauf zu bauen, dass sie erfüllt werden. Und wenn diese Erwartungen nicht die Oberhand gewinnen, kann man einfach nur genießen. Eine Stunde mit ihm ist so wertvoll wie nichts anderes auf der Welt«, hatte die Frau gesagt. Über diesen Satz hatte Simon lächeln müssen. Er stellte sich vor, er wäre mit Susan auf dem Marktplatz von Montforte D'Alba, sie tranken einen Espresso und saßen einfach nur nebeneinander. Vielleicht würden sich ihre Ellenbogen berühren, die Unterarme parallel auf den Armlehnen ruhen. Diese Stunde wäre mehr wert als alles andere.

Simon verließ den Feldweg, auf dem er schon seit geraumer Zeit ging, und tat etwas Unerlaubtes: Er schritt mitten durch ein Kornfeld, das merkwürdigerweise nicht abgemäht war. Wahrscheinlich wäre der Bauer, dem das Feld gehörte, trotzdem deshalb zornig. Aber schon als Kind hatte er einmal durch ein Kornfeld laufen wollen – und jetzt tat er es einfach und genoss das Gefühl, durch die aufgeweichten grauen Halme zu spazieren.

Irgendwann überkam ihn eine bleierne Müdigkeit, und er ließ sich auf den Rücken fallen – mitten im Feld. Er lag, spürte die Erde unter sich, schaute in den Himmel und den Wolken hinterher, die von West nach Ost eilten. Es fühlte sich an, als würde er tatsächlich langsam zur Ruhe und zu sich selbst kommen. Jeder Kilometer brachte ihn weiter.

Er rappelte sich wieder auf, erhob sich und lief weiter durch das Feld. Irgendwann hatte er das Ende erreicht, schaute sich um und sah, dass er wie mit einem Lineal eine Spur gezogen hatte. Schnurgerade und sehr zielgerichtet.

Als Anne anrief, um zu fragen, wann Susan den Artikel liefern würde, platzte die Geschichte mit Simon aus Susan heraus. Anne war vollkommen fasziniert. »Das musst du unbedingt in den Text einbauen!«, verlangte sie.

Susan wehrte ab, hatte plötzlich das Gefühl, etwas Wertvolles zu verschleudern. »Ich überleg's mir«, beschwichtigte sie die euphorische Anne. »Nächste Woche hast du die Porträts.«

Während sie an den Texten über Carmen, Regina, Fabienne, Sebastian, Abdul, Fatimah und Marc und Nora schrieb, wurde sie mehr und mehr von einem Gefühl erfasst, das in ihr hochschäumte wie Brausepulver: als wirkte die Stärke dieser ganzen gehörten Gefühle noch in ihr nach.

Mittlerweile war Simon im Badischen angekommen. Am Rande eines Dorfes saßen zwei Frauen auf einer kleinen Anhöhe auf einer Bank. Simon kam näher, die Frauen grüßten freundlich und bedachten ihn mit neugierigen Blicken.

»Grüß Gott! Wohin, der Herr?«, riefen sie in volltönendem badischen Singsang.

Simon erzählte wieder die Geschichte seines langen Weges von Hamburg nach Zürich. Die Frauen lachten ungläubig staunend, und Simon setzte sich zu ihnen. Sie sahen sich sehr ähnlich und waren beide in den Sechzigern. Die eine stellte sich als Käthe, die andere als Sabine vor. Die Frauen erzählten, dass ihre Männer schon lange verstorben seien und sie ihren Lebensunterhalt allein verdienten. Käthe war Bäuerin, Sabine betrieb im Ort einen Lebensmittelladen.

Wie so oft auf seinem Weg kam Simon mit den beiden über das Thema »große Liebe« ins Gespräch. Käthe erzählte, dass sie nie darüber nachgedacht habe, ihre große Liebe auch zu heiraten: »Ich habe den Mann geheiratet, von dem ich erwartet habe, dass er ein guter Familienvater ist. Und das war er dann auch. So hat man das damals gemacht.«

»Gab es denn eine andere große Liebe?«, fragte Simon.

»Oh, ja«, erzählte Käthe mit wehmütigem Blick. In ihrer Jugend habe es schon eine große Liebe gegeben, aber der Junge sei ein Taugenichts gewesen.

Sabine, die ihn auch kannte, schüttelte den Kopf und sagte: »Ein Taugenichts war er nicht. Du warst dir nur bei ihm nie sicher.«

»Aber wie erkennt man sie denn, die große Liebe?«, fragte Simon.

»Die große Liebe ist der Moment, wenn du in ein Gesicht blickst und das Gefühl hast, die ganze Welt dreht sich nicht mehr, weil alles auf dich und diesen Moment guckt. Die Autos hören auf zu fahren, und die Flugzeuge fliegen nicht mehr. Alles steht still. Alles hält inne in diesem heiligen Moment«, antwortete Käthe.

»Wenn eine Liebe aber nicht so groß ist, dann wird es laut. Wird zum Beispiel trotzdem geheiratet, machen wir hier im Dorf immer Tamtam. Dann wird zu laut gelacht und viel zu viel auf den Tisch gestellt. Es wird zu viel getrunken und gegessen. Soll eine Liebe groß wirken, wird es laut, unanständig und schrill. Eine echte große Liebe dagegen hat das alles nicht nötig. Sie ist ganz ruhig und still, aber sie stellt alles in den Schatten. Du möchtest keine Stunde ohne diese große Liebe verbringen. Manche glauben, man wird ein neuer Mensch, aber das stimmt nicht, du kommst vielleicht zum ersten Mal zu dir selbst. Das erste Mal spricht dein Herz. Die Leute lachen darüber. Die Leute mögen es nicht, wenn jemand eine große Liebe erfährt, weil es ihnen vor Augen führt, was sie verpassen, was sie nicht haben.«

Das Gespräch wurde unglaublich schnell intensiver. Simon hatte schon mehrfach festgestellt, wie einfach es doch war, die Leute dazu zu bringen, sich zu öffnen: indem er sich selbst öffnete und seine Gefühle der Welt preisgab. Das schien die Menschen so anzustecken, dass sie ihre Schutzpanzer fallenließen.

Er setzte sich auf einen Baumstumpf gegenüber der Bank, um den Frauen beim Diskutieren ins Gesicht schauen zu können. Über einen Punkt herrschte absolute Einigkeit: Wenn man die große Liebe erfuhr, schwieg man und hörte zu. Man erkannte, wie wenig man ein Gefühl in Worte fassen kann und dass man die große Liebe nicht beschreiben kann.

»Wann wollen Sie denn weiterlaufen?«, fragte Sabine.

»Vielleicht sollten Sie besser gar nicht ankommen?«, gab Käthe zu bedenken.

»Warum denn nicht?«, fragte Sabine.

»Weil der Weg zu sich selbst dann beendet ist, und wer weiß, vielleicht ist – wie heißt sie noch …?«

»Susan«, sagte Simon.

»Vielleicht ist Susan noch gar nicht bereit? Eine große Liebe kann ja auch einseitig sein, sie wird ja nicht automatisch erwidert. Wenn jemand liebt, dann wandert er aus. Er verlässt das gewohnte Terrain, verlässt das Heimatland.«

Darauf wusste Simon nichts zu sagen. Diesen Gedanken, dass seine Liebe einseitig sein könnte, wollte er gar nicht erst zulassen. Falls es wirklich so sein sollte, würde er sich damit befassen, wenn er es mit Gewissheit wusste.

Die Frauen spürten sein Unbehagen und erhoben sich.

Auch er stand auf, drückte die Beine durch, streckte sich und verabschiedete sich herzlich von den Frauen.

Aber das Gespräch mit den Frauen hatte etwas bei ihm ausgelöst. Unser Bedürfnis nach Liebe ist so groß, dass wir jede drittklassige Begegnung zu Liebe hochstilisieren, nur um sagen zu können, dass wir lieben, dachte Simon, während er weiterging. Wir ertragen es nicht, nicht zu lieben, und schon gar nicht, nicht geliebt zu werden.

Noch Jahre nach seiner Scheidung war Simons Seele so imprägniert gewesen, dass er nicht wusste, ob eine kleine Affäre in Wahrheit eine Liebe war, die er sich bloß nicht eingestehen wollte – oder ob er umgekehrt eine große Liebe zur Affäre degradierte, weil er sich nicht mehr getraute zu lieben.

Tagebucheintrag, 22. November

Hollywood hat unser Gefühlsleben infiziert, bakteriell vergiftet. Wir sind gar nicht mehr im Stande, zu beurteilen, was die Liebe ist, welche Empfindungen ihr zugrunde liegen. Was tun wir, wenn wir lieben? Ich habe mit so vielen Menschen gesprochen auf meiner Reise, und keiner konnte mir eine wirklich befriedigende Antwort geben.
Ich weiß nur, dass wir viel Unheil und Kummer verursachen, indem wir Liebeserklärungen abgeben, die wir Jahre, Jahrzehnte oder auch nur Tage danach wieder zurücknehmen müssen. Schon während wir sie aussprechen, wissen wir, dass wir lügen. Wir belügen uns selbst. Und es stimmt nach wie vor, dass niemand im Leben dich je so skrupellos belügen wird wie du dich selbst.
Was meinen denn die Menschen, wenn sie von Liebe reden? Sehnsucht? Den Wunsch nach Wärme? Eine Prise Eitelkeit? Das wohlige Gefühl, für unwiderstehlich gehalten zu werden? Ich weiß es nicht.
Ich weiß nur: Erst wenn wir die Liebe nicht mehr suchen, wenn wir uns im Grunde von ihr verabschiedet und die felsenfeste Entscheidung getroffen haben, dass die eigene Seele nicht mehr zu erobern ist, erst dann gibt es eine kleine Chance.
Generationen von Sängern besingen dieses Gefühl, das so individuell ist, dass man es eigentlich gar nicht besingen kann. Was uns aber verbindet ist, dass wir nicht alleine leben können. Das macht uns zur Beute für diese ganze mediale Gefühlsduselei. Auch ich schließe unbewusst lieber einen

Kompromiss, gehe eine halbgare Beziehung sogenannter Nähe ein und deklariere sie der Einfachheit halber als Liebe. Ich habe in Susan eine Frau getroffen, mit der ich lernen könnte, etwas zu tun, was wohl das Schwierigste ist: nichts! Ich möchte dem Müßiggang frönen. Ich möchte endlich aufhören zu funktionieren. Ich weiß nicht, wie viel Zeit ich noch vor mir habe, aber ich habe das Gefühl, die einzige Autorität, der einzige Chef, den ich bereit bin anzuerkennen, ist die Zeit.

Der Countdown beginnt mit der Geburt. Jeder vergangene Tag ist weg – eine verpasste Chance. Das alles waren noch vor Jahren für mich Plattitüden, Allgemeinplätze, aber plötzlich bin ich in der zweiten Lebenshälfte. Ich bin über fünfzig und habe deutlich das Gefühl, etwas aus der Zeit machen zu müssen, die mir bleibt. Egal ob man einen Kiosk in Mecklenburg-Vorpommern eröffnet oder einen Minigolf-Platz in Oberfranken. Egal ob man mit dem Motorrad durch Australien fährt oder ein Praktikum in einem Sterbehospiz in Wuppertal macht – verweile im Moment, lerne die Gegenwart wertzuschätzen, und wenn du nichts machst, sei dir dessen bewusst. Hör auf zu funktionieren! Sei dir dein bester Freund.

Vor ein paar Wochen war ich zu einem Geburtstag eingeladen. Die meisten Paare waren bürgerlich, lebten in einem Hamburger Stadtteil, wo, wenn man bösartig ist, gepflegte Langeweile den Ton angibt; wenn man gutartig ist, könnte man sich wünschen, dass dort die eigenen Kinder aufwachsen.

Auf der Geburtstagsfeier waren viele Paare – Männer aus

Medienberufen, der Anwalts- oder Schifffahrts-Branche, mit ihren gut gekleideten, hübschen und kultivierten Frauen an der Seite. Ich hatte mich zwischen ihnen seltsam deplatziert gefühlt, obwohl ich niemandem in der Runde einen Vorwurf machen konnte. Die Zeit der rauen Existenzen scheint vorbei zu sein. Diese Gesellschaft ist durch und durch zu einer Konsensgesellschaft geworden, in der sich gepflegte Menschen mit manikürten Händen ein Stelldichein geben. Ich hatte Mitleid mit diesen Leuten Ende dreißig, denn sie sind in eine Zeit und eine Gesellschaft hineingeboren, in der sie sich im Fine-Tuning-Bereich anpassen müssen, um eine Existenz zu gründen. Was habe ich für ein Privileg, in einer Generation groß geworden zu sein, in der man noch gegen herrschende Verhältnisse ankämpfen durfte und der Soundtrack dieser Revolution von den Rolling Stones kam. Eine Generation, deren wirtschaftliche Rahmenbedingungen gewährleisteten, dass sich niemand darüber Sorgen machen musste, ob er später eine Verwendung im Kapitalismus finden würde; anders gesagt: Arbeit.

Ich möchte nicht mehr zynisch sein. Ich möchte nicht mehr sarkastisch sein. Ich möchte mich mit dem Moment verabreden und die Gegenwart lächelnd betrachten. Ich möchte mich gar nicht so sehr auf die Zukunft freuen, denn wer weiß, was sie bringt, sondern versuchen, dem Moment ein guter Anwalt zu sein.

Der seidene BH saß perfekt, und als Susan sich im Spiegel der Umkleidekabine musterte, merkte sie plötzlich, dass sie sich mit Simons Augen betrachtete. Um ein Haar hätte sie das Teil aus einer trotzigen Spontanreaktion heraus wieder zurückgehängt.

Sie musste sich eingestehen, dass ihre Zukunftsgedanken oft in der Mehrzahl spielten – und erschrak ein bisschen darüber. Bloß nicht freuen! Bloß nicht darauf einlassen! Sofort warnte die hysterische Beziehungsparanoikerin vor der Verletzungsgefahr. Susan schüttelte sie ab. Sie wollte nicht mehr negativ denken, nur weil dann eventuell die Enttäuschung kleiner wäre. Sie wollte überhaupt keine Entscheidung treffen. Am liebsten hätte sie das Denken abgestellt und die Entscheidung dem Augenblick überlassen. Wie würde sie sich wohl fühlen, wenn er anrief?

Simon lief weiter, auf einer staubigen Straße immer weiter Richtung Süden. Er lebte schon lange in Hamburg, hatte sich eingerichtet in dieser Stadt, deren Schönheit unbezweifelbar war. Dennoch hatte er immer diese unbändige Sehnsucht nach dem Süden. In München zum Beispiel hatte er als Student eine gute Zeit verbracht. In den Neunzigern gab es ein Lied von Stefan Waggershausen mit dem Refrain *Tief im Süden meines Herzens* – ein gutes Bild, eine gute Chiffre. Er wollte nach Süden, und er wollte zu Susan.

Auf seinem langen Marsch war er oft hin und hergerissen. War er wirklich in diese Frau verliebt? Oder nur in das Gefühl, verliebt zu sein? In anderen Momenten glaubte er fast, durch seine Reise und seinen Weg so sehr zu sich selbst gekommen zu sein, sich selbst erobert zu haben, dass es Susan gar nicht mehr bedurfte. Aber das stimmte nicht.

In der vergangenen Nacht hatte er zum ersten Mal, seit er unterwegs war, stundenlang wach gelegen und festgestellt, dass ihn nicht der Wunsch nach sexueller Nähe antrieb, sondern viel mehr das Verlangen nach seelischer Nähe. Natürlich dürstete es ihn nach Umarmungen, nach Blicken. Als Susan die Hand auf seine Schulter gelegt oder sonst seinen Körper berührt hatte, war eine enorme Energie durch diese Hand in ihn geströmt. Das hatte er bis dahin noch nie erlebt.

Er hatte das Gefühl, mit dieser Frau sein Leben retten zu können. Nicht dass es in Gefahr gewesen wäre, aber sonst hätte er seinem Leben womöglich weiterhin eine gewisse Geringschätzung entgegengebracht. Eine Art seelische Verwahrlosung war ihm nicht fremd.

Er glaubte nicht daran, dass nach dem Tode etwas Wesentliches passieren würde. Er war nicht religiös, aber der Gedanke, dass die Liebe alles überleben könnte, faszinierte Simon doch. Mit Susan wollte er die Welt aus den Angeln heben, zuallererst seine eigene.

Simon stapfte weiter und spürte, dass er Susan immer näher kam. Dieses Gefühl wärmte ihn, gab ihm Halt in diesem doch immer wieder sehr trüben November. Aber er war sich auch sicher, niemals zuvor so verletzbar gewesen zu sein wie seit dem Moment, als diese Frau sein Stammrestaurant betreten hatte.

Bisher hatte ein unglaubliches Bedürfnis nach

Freiraum sein Leben bestimmt. Nie mehr einen Kompromiss eingehen, nie mehr mit einem Menschen, der kein Seelenverwandter war, unter einem Dach leben. Und dann kam Susan, und er wünschte sich nichts sehnlicher, als mit ihr lachend durch Amerika zu fahren. Sogar klassische Konzerte würde er mir ihr besuchen. Die Vorstellung, sich in einem Konzertsaal einzufinden, hatte er immer gehasst, hatte es bisher für angepasstes Biedertum gehalten. Rotarier und Rotarier-Ehefrauen im guten Tuch hörten sich dort Melodien an, die seit zweihundert Jahren unverändert von mäßigen Stadttheaterorchestern und von Weltorchestern gespielt wurden. Und in der Pause aß man Häppchen und trank Champagner. Er ertappte sich dann dabei, dass er nach ungefähr zehn Minuten anfing, seine berufliche Agenda durchzugehen. Die war zum Glück nicht mehr so lang, seit er sich für die Freiheit entschieden hatte. Aber da er ein Macher war – er mochte es, Dinge zu Ende zu bringen –, überprüfte er in Klavierkonzerten immer, ob er auch wirklich alles erledigt hatte.

Mit Susan aber besuchte er gedanklich bereits Konzerte, in denen er es schaffte, einzig der Musik zu lauschen und dabei ihre Hand zu halten. Er erschrak, als er bemerkte, dass er sich innerlich bereits einen Alltag mit Susan ausmalte, der de facto noch überhaupt nicht greifbar war.

Wäre er von einer Fee gefragt worden, ob er mit siebenundfünfzig Jahren die größte Liebe seines Lebens treffen wolle, hätte er diesen Gedanken abscheulich gefunden. Diese Abhängigkeit – nein, die wollte er ganz bestimmt nicht. »Nein, danke, liebe Fee«, hätte er dem Fabelwesen geantwortet. »Gehen Sie bitte weiter. Die größte Liebe meines Lebens? Bitte nicht. Alles, nur das nicht!«

Und jetzt war ihm genau das passiert.

Susan tigerte durch das Wohnzimmer ihrer kleinen Wohnung. Geduld war noch nie ihre Stärke gewesen. Jetzt konnte es nicht mehr lange dauern, bis er in Zürich war und sie anrief. Sie wollte, dass es endlich losging.

Sie konnte sich nicht mehr konzentrieren, konnte nicht schreiben und hatte keinen Appetit – was äußerst ungewöhnlich für sie war, war sie doch eine leidenschaftliche Esserin, ein Genussmensch. Alkohol in Form ihrer Lieblingsweine beruhigte sie einerseits, befeuerte aber gleichzeitig auch die Unruhe.

Seine Eindeutigkeit, seine Entschlossenheit und seine Wärme hatten sie sehr beeindruckt: Aber würde es ihm gelingen, ihr Herz zu öffnen? Sie sehnte das Wiedersehen herbei und fürchtete es gleichzeitig unglaublich. Gerne würde sie es wagen, aber was, wenn im letzten Augenblick wieder ihre Angst zu groß wurde und sie keinen anderen Ausweg sah, als sich in sich selbst zurückzuziehen?

Simon fragte sich, warum er den Frauen, die ihn in der Vergangenheit geliebt hatten, nicht das Gefühl, das er für Susan spürte, entgegenbringen konnte. Wenn eine Frau ihm sagte »Ich liebe dich«, hatte ihn das immer irritiert. Diese drei Worte kamen für ihn fast schon einer Drohung gleich. Sobald sich eine Frau in ihn verliebte, befürchtete er, dass der Moment, sie verlassen zu müssen, unumgänglich war.

»Du kannst nur lieben, wenn du allein sein kannst, und du kannst nur allein sein, wenn du lieben kannst« – dieses Zitat hatte er mal irgendwo aufgeschnappt. Demnach war er äußerst liebesfähig, denn es gab Zeiten, da hatte er das Gefühl, allein zu sein sei das größte Glück auf Erden. Er langweilte sich nie, konnte bequem ein ganzes Wochenende alleine verbringen. Dann deckte er sich mit so vielen Büchern ein, dass er sie in einem ganzen Jahr nicht würde lesen können. Er führte Selbstgespräche, machte Beobachtungen und ging oft abends ins La Bruschetta. Vielleicht mit seinem Freund, sicherlich nicht mit einer Freundin. Er mied den Blickkontakt zu Frauen, weil er befürchtete, dass sie sich dann zu ihm setzen und sich etwas davon versprechen könnten. Es gab definitiv Zeiten, in denen er sein Gefühlsleben mit niemandem teilen wollte. Und das waren nicht die schlechtesten.

Simon setzte sich auf einen Stein und blickte über ein Tal, das schöner nicht hätte sein können. Dabei gelang ihm etwas, das er kaum mehr für möglich gehalten hatte: Er beschäftigte sich nicht mit der Vergangenheit, nicht mit der Zukunft und auch nicht mit der Vorfreude auf Susan – sondern ausschließlich mit dem Moment. Zum ersten Mal überkam ihn das Gefühl, dass er bereit war, das Leben in seiner ganzen Fülle, Bandbreite und Widersprüchlichkeit so anzunehmen, wie es genau jetzt gerade war.

Auf einmal war er nicht mehr sicher, ob er seine Reise nach Zürich fortsetzen sollte. Er hatte sich so in seiner Einsamkeit eingerichtet und war so zufrieden mit dem Hier und Jetzt, dass ihn eine Veränderung fast ängstigte.

Er horchte in sich hinein und fühlte eine große Sehnsucht. Ein Gefühl, das ihn an die Sehnsucht nach seiner verstorbenen Mutter erinnerte: Sie lebte in Kassel, und wann immer Simon in seiner Wahlheimat Hamburg war, hatte er Sehnsucht nach seiner Mutter. Und auch nach Kassel. Aber sobald er in den ICE stieg, um zu ihr zu fahren und sie zu besuchen, wollte er am liebsten den nächsten Zug zurücknehmen. Umgekehrt war er nicht im Stande, das, was er hatte, zu genießen.

Aber genau in diesem Augenblick war es anders – Simon war am Ziel, auch wenn dieses Ziel weder Zürich noch Susan war. Er wollte genau hier auf diesem Stein sitzen bleiben – möglichst lange. Er ließ alle Pläne für die Zukunft fahren. »Wie bringt man den lieben Gott zum Lachen«, fragen die Juden. »Indem man Zukunftspläne macht«, lautet die Antwort.

In Simon breitete sich eine große Ruhe aus. Er hatte das Gefühl, sein Bauch würde von einem Ozean der Stille geflutet.

Ihm kam die Begegnung mit einem Zen-Meister in den Sinn, der ihm schon vor einiger Zeit gesagt hatte: Entdecke die Gegenwart und vergiss Zukunft und Vergangenheit.

Hier auf diesem Stein sitzend, war Simon zum ersten Mal im Leben richtig glücklich. Und er wusste, er würde auch dann glücklich sein, wenn die äußeren Kriterien und Rahmenbedingungen nach gängigen Maßstäben eigentlich keinen Anlass dazu gaben. Er war ganz bei sich und saß auf der Welt – wie ein Marienkäfer auf einer großen Melone.

Wahrscheinlich war er eingeschlafen und wurde durch den Lärm geweckt, den eine Schulklasse bei ihrem Wandertag machte. Wie lange hatte er wohl geschlafen? Lachende Kinder guckten ihn ungläubig und etwas ängstlich an.

»Kann ich Ihnen helfen? Geht es Ihnen gut?«, fragte die Lehrerin, eine freundliche Frau mittleren Alters und Körpergewichts.

Simon lächelte sie an und sagte: »Ich danke Ihnen. Mir geht es ganz wunderbar. Sie erleben gerade mit mir den glücklichsten Moment meines Lebens!«

»Hm«, antwortete sie und bedachte ihn mit einem verwunderten Blick. »Und wie kommt das?«

»Setzen Sie sich auf diesen Stein«, sagte Simon, »wenn Sie den Wandertag hinter sich haben, und lassen Sie es einfach auf sich zukommen. Und plötzlich ist alles Stille, Ruhe und Licht.«

Er war in der Stadt – Simon war in der Stadt! Eben hatte Susan eine SMS von ihm bekommen, in der stand, dass er heute Abend bei ihrem Lieblingsitaliener sein könne.

Susan tippte den Namen und die Adresse des Restaurants in die Antwort-SMS, schnappte sich ihren Mantel und sprintete aus der Tür.

Zürich, so hatte er es immer schon empfunden, war eine Stadt, deren Schicksal zu Ende erzählt war. In Zürich lebte man nicht, in Zürich richtete man sich ein. Er lief durch die Straßen, es war später Nachmittag. Vor zwanzig Minuten hatte er Susan eine SMS geschickt, nachdem er tagelang nichts mehr von sich hatte hören lassen. Ein Restaurant namens Sardegna war der Ort, den sie kurzangebunden vorgeschlagen hatte. Um halb sieben – also in zwei Stunden. Erregt war er in Hamburg losgelaufen, matt traf er nun am Ziel ein. Er kaufte sich einen Pullover und ein frisches Hemd und bezog ein Hotelzimmer ganz in der Nähe des Sardegna. Obwohl er erschöpft war, mied er das Bett, stattdessen duschte er, zog sich das neue Hemd an, streifte den Pullover über und verließ das Hotel. Vor dem Restaurant angekommen, fiel er dem Inhaber des Sardegna in die Hände, der ihn mit den Worten begrüßte: »Kommen Sie rein, sie ist schon da!«

Verblüfft sah Simon ihn an.

»Ja«, bekräftigte der, »Susan erwartet Sie schon, ich kenne Ihre Geschichte.«

Wie taub betrat Simon den Gastraum. Es war halbdunkel, das Restaurant noch komplett leer. Ganz hinten an einem Ecktisch entdeckte er Susan, und ihm fiel auf, dass sie das verabredete Zeichen ignoriert hatte: Es stand weder ein Espresso noch ein Glas Vecchia Romagna auf dem Tisch.

Stattdessen sah er eine Flasche Rotwein mit zwei Gläsern. Susan hatte offenbar bereits ein halbes Glas getrunken. Sie blickte kurz hoch und sagte: »Nimm Platz!«

Simon setzte sich und legte seine Hände auf den Tisch. Susan legte ihre Hände zart auf seine und blickte ihm lange und intensiv in die Augen. Dann goss sie ihm ein Glas Rotwein ein und prostete ihm schweigend zu.

Er zitterte beim Trinken und war froh, als er das Glas wieder sicher auf die Tischplatte gestellt hatte.

Susan atmete tief ein und sagte: »Wenn du mich je verletzt, wenn du mich je verlässt, wenn du absichtlich irgendetwas tust, das mir weh tut, dann verspreche ich dir eins: Ich bringe dich um. Ich bringe dich um, bevor es mich umbringt. Du kannst diese Liebe haben, leidenschaftlich, innig und tief, ein Leben lang. Aber wenn du mir weh tust, wenn meine Seele Schaden nimmt, dann wird dein Leben Schaden nehmen. Willst du diese Liebe?«

»Ja«, sagte Simon, »denn ich bin angekommen, indem ich dich gefunden habe.«

Susan und Simon saßen beieinander und waren

froh, dass sich das Restaurant kaum füllte. Sie tranken langsam, sahen sich an und legten ihre Hände immer wieder aufeinander.

Mehr ist nicht passiert.

Danksagung

Ich bedanke mich bei meinem Freund Sandro Convertino dafür, dass ich im Hamburger »La Bruschetta« eine Heimat fand, als ich keine hatte. Ich bedanke mich bei meiner Großmutter Christine Vollbrecht für das Männerbild, das sie mir vermittelte, das da hieß: »Die Heimat trägt ein Mann in sich! Man bringt sich mit.« Womit sie Recht hatte. Marion Hertle war mir als Lektorin eine unerbittliche Partnerin, grandios und das zum zweiten Mal! Meiner Agentin Anke Lütkenhorst verdanke ich viel, sehr viel, zum Beispiel die Erkenntnis, dass man neben dem »La Bruschetta« eine zweite Heimat finden kann: Lübbe mit Claudia Müller, als Patronin der Heimatvertriebenen. Einen herzlichen Dank an meine Polyphon-Partnerin Beatrice Kramm, die im Buch eine eigenwillige Spur hinterlassen hat. Ferner an Claudia Thesenfitz für die Inspiration. Jeanette Witthaut wiederum hat mich den Humor der Soester Börde gelehrt, der ganz viel mit unnachgiebiger Loyalität zu tun hat. Und Dorothee Röhrig hat mit diesem Buch nichts, mit meinem Leben indes so viel zu tun, wie keine Frau je zuvor.

Ein Haus in Berlin Moabit: die perfekte Bühne für einen charmanten Roman über das Leben und die Liebe

Hubertus Meyer-Burckhardt
MEINE TAGE MIT
FABIENNE
Roman
224 Seiten
ISBN 978-3-431-03953-5

Früher war es ein Geschäft für Saiteninstrumente, nun ist es eines für elegante Hüte. Kannstatt hat schon immer eine höfliche Distanz zu den Mietern im Erdgeschoss bevorzugt. Für ihn, der seine Umgebung am liebsten über den Hörsinn wahrnimmt, ist das Wohnhaus eine wohlkomponierte Symphonie. Als Fabienne, eine lebensfrohe Elsässerin und Hutmacherin, dort einzieht, bereichert sie Kannstatts besondere Hausmusik mit ganz neuen Tönen. Mit ihrem Hutgeschäft und noch mehr mit ihrem Temperament und ihrer mitreißenden Energie mischt sie die sechs Parteien des Hauses auf, insbesondere jedoch Kannstatts Leben ...

Bastei Lübbe

Ich wusste nicht, wann ich mich zuletzt so gut gefühlt hatte – so leicht, so wach, so lebendig. Vielleicht fühlte Glück sich so an?

Gail Honeyman
ICH, ELEANOR
OLIPHANT
Roman
Aus dem Englischen
von Alexandra Kranefeld
528 Seiten
ISBN 978-3-404-17679-3

Eleanor Oliphant ist anders als andere Menschen. Auf Äußerlichkeiten legt sie wenig Wert, erledigt seit Jahren klaglos einen einfachen Verwaltungsjob und verbringt ihre Freizeit grundsätzlich allein. Ein Leben ohne soziale Kontakte oder nennenswerte Höhepunkte – Eleanor kennt es nicht anders. Doch das ändert sich schlagartig, als Eleanor sich verliebt. Veränderungen müssen her! Nur wie? Der neue Kollege Raymond erweist sich als unerwartete Hilfe … und plötzlich findet sich Eleanor mittendrin im Leben.

Witzig, bewegend, unvorhersehbar
Jojo Moyes

Bastei Lübbe